野心と美貌

中年心得帳

林 真理子

講談社

野心と美貌

中年心得帳

目次

私のエイジング道

今日私は、友人の誕生日パーティーに出席してきた。彼女は四十代後半になるとはとても思えないほど、若く美しい。そしてテーブルに集った女友だち五人も全員四十代であるがその綺麗さといったらなかった。

私を除いて全員が流行のファッションに身を包んでいた。中にはダメージデニムにヒールを組み合わせている女友だちもいて、ほれぼれするようなスタイルだ。

私はつくづく思う。

今ぐらい年をとるのがむずかしい時代はないのではないだろうか。

私が子どもの頃、四十代といえば中年というよりも初老のイメージであった。このあいだお墓まいりに行って驚いたのであるが、私を可愛がってくれた親戚のおばさんの死んだ年が四十八歳である。私が知っているおばさんといえば、でっぷりと太りロングスカートにお団子ヘア。化粧っ気もなく地味なものに身を包んでいた。私はてっきり六十代で亡くなったと思っていたのであるが、まさか四十八歳とは……。

今日誕生日を迎えた友人と同じ年ではないか。ロングヘアにパンツルック、ピアスをした友人を思い出し、私はいろいろなことを考えるのである。

昔、いやちょっと前まで女たちは四十過ぎれば〝おばさん〟になることが出来た。女を捨てたという意見もあるかもしれないが、穏やかで平和なおばさんの世界は悪くない。

あの頃の女は、諦念ということを知っていた。自分ひとりだけが諦めるのはみじめであるが、日本中みんなが諦めていたのだからどうということはなかった。たまに身だしなみがよくて、とても若く綺麗な四十代の主婦がいたりすると、

「尻軽っぽい」

「いい年をして」

と陰口を叩かれたものである。

あの時代、みんなはいっせいに〝おばさん〟になり幸せに生きていた。不満もなかったし、他の世界も知らなかったはずだ。

それがどうだろう。四十代といえば女盛り、五十代だって美しくスタイルのいい人はいくらでもいる。

努力さえすれば、いつまでも女の現役でいられることをみんな知ってしまった。その代わり、努力ということを強いられる。

贅肉のない体、張りのある肌、垂れたりしない胸、たっぷりとした髪を手にしなければ取り残されたような気分になるのである。

未だかつてこんな時代があったであろうか。本来なら中年という安穏とした静かな世界にいけたのであるが、今はそれを阻止するものがある。自分へのプライド、取り残されるのではないかという焦り、そして、他の人はもっと楽しいことをしているのではないかという猜疑心。そんなものがないまぜになって、女たちは必死に努力をしているのである。加齢という途方もなく強く残酷な敵に向かって。この戦いをアンチ・エイジングという。

「私はアンチ・エイジングという言葉が嫌いですね。うちでは使ってません」

とおっしゃったのは、ある化粧品会社のトップの方である。

「年齢を重ねることは悪いことだという思想をそろそろやめにしませんか。年をとっていくことが魅力になる女性を、わが社はめざしているのですよ」

　素晴らしい言葉であるが、これはあくまでも理想であろう。おバアさんに近づくにつれ素敵になる女性などというのは、よほど素質と運に恵まれた女性だ。ふつうの女性はふつうにもがく。しかしまあみっともなくない程度にもがき、成果は出したい。努力はするけど無理はしない。そのことに縛られない。これが私のエイジング道。

アンチ・エイジング・ソルジャー

ファッション関係の友人から電話がかかってきた。

「ものすごくいい漢方薬があるの。これって飲むだけでふた月に四キロも痩せるんだから」

「へえー、ホント!?」

「あのね、その薬局っておたくんちから近いから、すぐに地図をメールで送るわ」

「サンキュー」

その日の午後、別の友だちからメールがある。

「前に話してた、ものすごく睫毛が伸びる養毛剤、やっと手に入ったから一本送るよ」

私はこういう連絡が大好き。

「私ってわりと人気があるじゃん」

と思う瞬間である。

女たちの輪にちゃんと入れてもらっているという感じ。こうしたネットワークに入れてもらえない悲しみというのは、中高生だろうと中年だろうと同じである。

不思議なことに美に関する情報を女は決してひとりじめにしない。まわりの女友だちに惜しみなく伝えてくれるのである。

うがった考えをすると、他の人たちを巻き込むことにより安全を確かめているのかもしれないし、あるいは情報を交わすことにより連帯感をより深めようとしているのかもしれない。まあ、後者の方であろう。

ところで世の中には、美容フリークという女が何人かいる。その知識たるや女医並みだし、自分でもいろんなことを試している。ひとたび口を開くと、あのクリーム、あの美容液がいいだの、エステは最近白金に出来たあのサロンがいちばん効果がある、とえんえんと教えてくれる。

しかしこういう美容フリークというのは、なぜか女性にあまり好かれないのである。

「本業をちゃんとやったら」

と私の友人は言う。

「専門家ならわかるけど、シロウトの人で、あまりにも美容にかまけている女って、中身が空っぽという感じがするの」

私もこの説に賛成である。ビューティの知識というのは、あくまでもプロセスでありツールのはずだ。それなのにまるで美容医療の奴隷になっているような女性は結構多い。

そういう女性たちは、綺麗なことは綺麗なのであるが、どこかに猛々しい雰囲気がある。加齢に向かって雄々しく立ち向かっていく戦士、アンチ・エイジング・ソルジャーといった感じであろうか。

女優さんの中にもこの戦士が見受けられる。ものすごくとっぴな服に身をつつみ、十代の女の子と同じ格好が出来るのが自慢だ。いき過ぎて「イタい」と感想を持たれることもある。何もこんな格好をしなくても、と思われるのは本人にとっても心外であろう。

ところで、中年になっても美しい女優さんのトップは、長いこと黒木瞳さんが独占している。この方の強みは「イタい」感がまるでないことであろう。透明なナチュラル感が「決して無理はしていない。だけど美しい」という信仰を日本女性に植えつけた。お茶目で愛らしい笑顔も、優しげで誰にでも好かれる。

この頃私が注目しているのは、何といっても賀来千香子さんだ。お若い時も綺麗だったが、最近の美しさの方がはるかに存在感がある。女優として、ある時期露出がちょっと減り、再び登場していらした時はとてもインパクトがあった。年をとっていない、というのではなく、見事に年を味方につけたという確かさがある。

パステルカラーが似合う品のよさ、明るさ。私は「年をとってきたら女はややコンサバに」という理論を持っている。冒険は若い女の子に任せておけばいい。ガーリーやポップを取り入れながらも上品に仕上げる。賀来さんはそれをさりげなく実行している人だ。

整形疑惑

ファンの集い、というと大げさであるが、熱心な読者と一緒に食事をする機会があった。

その時、私の隣りに座っていた女性が、やや口ごもりながら、

「こんなことを聞くと、ものすごく失礼かもしれないけど、一度マリコさんに聞きたかったことがあるんです……」

酔った私は、何でもどうぞ、とにっこり微笑んだ。

「あの、マリコさんって、ある時から、すごくキレイになったと思うんですけど、それはどうしてなんでしょうか」

「やっぱり〝お直し〟したからじゃないの」

私は目をひっぱり上げるふりをした。

「ここも直したし、顎も削ったり、いろいろやったから、それで顔が変わったんじゃないかしら」

たちまち一座はシーンとしてしまった。私は、あっ、ウソ、ウソと笑って取り消したのであるが、しばらく空気は固まってしまったほどだ。

実はこの質問を、とても多く受けるようになった。といっても、今の私がものすごい美女に変身した、というわけでは全くない。若い頃、過激な言動でデビューし、世をにぎわせていた私は、主に男の人たちから手ひどいしっぺ返しを受けた。というよりも、古典的なバッシングをさんざんされたといった方が正解であろう。それは、

「ブスのくせに」

と言って、相手を黙らせるやり方である。当時の写真を見ると、確かに猛々しい顔をしている。丸く大きな顔に、各パーツも大きく、美人とか可愛い、というのからはほど遠い。それにしても、あれだけブスだの何だのと攻撃を受けることはなかったと思う。今だったら確実に人権侵害とかパワハラと言われていたに違いない。

私がデビューした三十年近く前は、まだ女性はつつましく本音など吐かないものとされていた。そうした掟をぶっ壊してやると宣言した私は、それだけでふて

ぶてしいイヤな女だったに違いない。
そしてあの時から、私の本を読み続けてくれていた女性の多くの、
「あんなブス、ブスと言われていたわりには、小綺麗でおしゃれな中年になった
じゃないの。見た目もずっとマシになったし……」
という好意的な思いを翻訳すれば、
「マリコさん、ある時からすごくキレイになりましたね」
という言葉になったのであろう。
私が仲よくしていただき、とてもお世話になった、今は亡き造顔マッサージの
田中宥久子《ゆくこ》さんも、必ずお客さんからこう聞かれると言っていた。
「ハヤシマリコって、整形してるんでしょ。そうよね、顔が変わったもの」
田中さんは笑ってこう答えたそうだ。
「うちのマッサージが、何かしている人はお断りのこと、ご存じでしょう。それ
にハヤシさんは忙しくて、整形手術を受けてる時間なんかありませんよ」
まことに嬉しい事態である。確かに私はよく、若い頃よりも今の方がはるかに
いい、と指摘される。それがこういうエッセイを書かせていただく理由になって

いるのであろう。

若い時の私だって、目がパッチリしていてそれなりに魅力あるじゃん。それなりにモテたし……と本当は思っているところもあるのであるが、ああ、世の中の人が言うとおり、今の私はかなりキレイに、いや、マシになっているのであろう。

その第一の原因は何かと問われると、もちろん整形手術ではない。ズバリ、歯列矯正である。この矯正のことは、当時さんざん書いたので知っている人もいるかもしれないが、始めたのは三十六歳である。当時、矯正は子どもがやるものとされていた。有名人で堂々とやったのは私が初めてだ。これにのって大人の矯正はいっきに増えたとされている。

美のスパルタ、韓国

このあいだテレビで「スターものまね大会」というのをやっていた。プロのものまね芸人たちが、歌と表情を競うものである。

その中にKARAと少女時代のそっくりさんが混じっていた。韓国でオーディションを受けたということで、あちらの少女ばかりだ。歌と踊りは確かに似ているのであるが、容姿と脚の細さはまるで違う。

「どうしてこんなイモねえちゃんばっかり。オーディションをしたなら、もっと可愛いコを選べただろうに」

とじっと見ていて、すぐにわかった。

「そうか、このコたちは、整形する前のKARAや少女時代だと思えばいいんだ！」

韓国で整形手術が盛んなのは、もうとうに常識である。特に芸能人は百パーセントやっていると思ってもいい。そしてそれを隠さないお国柄だということも私たちは知っている。

しかしわが国において、未だに美容整形というのは、大っぴらに話すことではないようなのだ。

「あの人は〝お直し〟している」

と陰でこっそり言うのは、抜けがけしている感を持つからであろうか。同じアジアの国でもこれに関して、日本と韓国はものすごく違う。これまた本で読んだのであるが、韓国というところは学歴重視のうえにものすごく容貌重視のところがあり、

「もし運悪く不細工に生まれたら、徹底的にちゃんと直せ」

という思想があるという。

そういえば今から二十年以上前、私は初めて韓国で本を出版した。翻訳した男がものすごく強気で、

「あっちでちゃんとプロモーションをしてくれ」

と私に命じる。仕方なく私は出かけた。もちろん自費で。

今思うと、ものすごく嫌な男で、その本は訳もめちゃくちゃだということがあ

とでわかった。しかも、

「彼女の本の権利はすべて私にある」

とか勝手なことを言われ、さらに今に至っても一円もお金をもらうことがない……。

まあ、昔の恨みつらみはやめておくにして、彼と一緒にソウルの出版社をまわった私は本当にけなげであった。同時に韓国のジャーナリズムに対する好奇心もあったに違いない。

ところが当時の私ときたら、最悪の状態であった。新婚太りといおうか、やっと配偶者探しのストレスから逃れた安心感からぶくぶくの体型になっていたのだ。それどころではない。ちょうど歯の矯正を始めたばかりで、私の歯はしっかりとワイヤーで固定されていたのである。

どこへ行っても冷たい対応だったことに腹を立てたのであるが、今思うとわかるような気がする。日本の人気作家のインタビューをしてくれと頼まれ、待っていると、デブで歯に銀色のワイヤーをしているおネエちゃんが現れたのだ。

「適当に撮っといて」

みたいなことをカメラマンに言ったとしても仕方ない。

さて、長々と昔話を書いたが何を言いたかったかというと、ある友人が治療中に、

「歯の矯正って、表立って言える美容整形よね」

とつぶやくのを聞き、なるほどと思ったからである。

大人になってからの矯正は、歯並びを直す、という目的以上に美しくなる目的の方に重点がいくからだ。その友人も私も、もともと歯並びは問題なかったのであるが、口元が前に出ている顔立ちだった。歯が大き過ぎたのだ。私は歯を七本抜き、人前に出ない時はヘッドギアをつける苦難を四年続けた。このことにより、私の顔は劇的に変化したのである。

レフ板の効果

遅ればせながらであるが、今回の震災の被災者の方々に、心からのお見舞いを申し上げます。

ニュースを見ているだけで、胸がしめつけられ泣かずにはいられない。今日は週刊誌に全く無になった街の写真が載っていた。あれほどの体験をした人に「頑張って」とか「復興」がどうのこうの、というのは本当に空しく的はずれなことのような気がしてきた。

が、一方でこういう時だからこそ、楽しいこと、美しいものに触れたいという声が生まれているのも事実だ。上野動物園のパンダ初お目見えの日には長蛇の列が出来、映画館も盛況だという。

被災者ではない私たちは大きな虚無を知ってしまい、それに苦しめられているけれども、それでも日常はやってくる。今もなおつらく苦しい生活を強いられている人たちにしっかりと心を寄せ、物質的にも応援しながらもしっかりと日常をおくる。これは私たちに与えられた大きな課題であるが、何とかやりとげましょう。

さて震災のすぐ後、私は誕生日を迎えた。もはや「アラカン」と呼ばれる年齢である。

田舎の同級生の何人かは、孫がいて写真を見せてくれたりする。彼女たちに申しわけないが、私はこういう時「地方格差」という言葉を思い浮かべてしまうのだ。都会に住む私の女友だちは、五十代だとまだ〝現役〟である。このあいだは、五十六歳と五十七歳の友人がたて続けに結婚した。何の臆面もなくウエディングドレスを着て、またそれがよく似合う。独身あるいは晩婚が多いので、孫の話などまず聞いたことはない。みんな体型を維持してエステに通い、流行の服を着ている。

そういう流れの中で暮らし、自分もまた若いと信じ込んできた。事実、ファッション誌のグラビアに出る私は、年齢よりもずっと若く見える。サイズは大きいが、流行のブランド品もちゃんと着ている。

しかし私は見て見ないふりをしていたはずである。そう、女性誌の撮影は、それに慣れたカメラマンがいて、綺麗に撮ることを第一に考えてくれる。角度をあれこれ思案し、レフ板で顔に光をあてる。レフ板というのは、光を反射させるもの。よくスキー場に行くと、男も女もやたら綺麗に見えるが、あれと同じ原理であろう。

とにかく私が写真を撮られる時は、カメラマンの助手、あるいは編集者がこのレフ板を掲げて、私の顔のレベルアップに一役かってくれるのである。

そのうえ女性誌には強力な仕掛けがある。そう、〝修整〟というやつだ。今はパソコンでどんなこともしてくれる。よく化粧品の広告や女優さんの写真では、毛穴ひとつない美しい肌が出てくるが、これは修整によるもの。

パソコンひとつでいくらでも完璧な肌は可能だ。

「ハヤシさんはほとんど修整していませんよ。本当です」

と編集者は言うけれどわかったものではない。あの強いレフ板を使うこと自体修整であろう。

とはいうものの、雑誌の世界は私のホームグラウンド。雑誌の編集者も知り合いが多く、女性誌に出ている限りは私は彼らの深い愛に包まれている。

そして包まれているうちに、私はテレビに出るのがすっかり嫌になってしまった。タレントでも女優でもない私は、ただの〝お客さん〟。テレビのスタッフは、別に私に愛情も好意も持っていない。だから情け容赦ないのである。

私がたまにテレビ出演する時、知人はこう言う。

「まずは照明さんに挨拶をね。キレイに映るも映らないもあの人たち次第よ」

つまり別の形でのレフ板をあててくれるかどうかということだ。

〝現役〟感

テレビに出るたびに、私はギャーッと叫びたくなる。

正面の鏡では見えない、横からの顎の弛《たる》みや、目尻のシワもはっきりと見える。それより何より肥満加減もしっかりとオバさんなのである。

〝老い〟というのは不思議なもので、閉じ込めようとすればするほど、じわりとにじみ出てしまう。そのいい例が「あの人は今」番組に出てくる、元〝人気芸能人〟だ。久しぶりのテレビ出演に張り切って、女性だと髪も化粧もかなり過剰にしてしまう。若い人のようなミニスカートをはいて、アクセサリーもいっぱいつける。そして若く見えるか、というと決してそんなことはない。つくり笑いの法令線のあたりに、しっかりと年齢が出ている。

そして昔大人気だった男性人気歌手の、描き過ぎた眉や、やけに大きい二重瞼もやはり老けて見えるのはせつなく悲しい。

現役の芸能人は、しょっちゅうテレビに出ている分だけ、年をとるのがうまい。少しずつ〝お直し〟していたとしても、それが不自然ではないし、洋服も垢ぬけている。

そう、芸能人でも女でも、現役でいることは本当に大切なのだ。

女で現役といっても、別にしょっちゅう男性と恋愛したり、不倫しているということではない。どのくらい他人を意識していられるか。もっとはっきり言うと、他人からどれだけ誉められるか、ということに尽きる。

ある時、ファッション誌の編集長から、

「ハヤシさんの靴、いつも可愛いって僕たちの間では評判ですよ」

と言われてから、それはそれは気をつけるようになった。私はすごい靴持ちのくせに、手入れをせずに乱暴に履くので消耗が早い。

「もう少しのご奉公」

と言いきかせ、かなりくたびれたものを履くこともある。しかし人目につくところに出かける時には、かなり気をつけているつもり。

また手を誉められてからというもの、手のマッサージとネイルを欠かしたことはない。そして自分で言うのもナンであるが、肌もしょっちゅう誉められる。

ある編集者は、

「今の女性って、キレイって言われるよりも、肌がキレイって言われる方が喜ぶんですよ。今、最大の誉め言葉みたいですね」

と言うが、私はやはり単純に「キレイ」と言われた方がずっと嬉しいけどなあ。


まあ、目鼻立ちは努力しても変えられるものではない。劇的な手術をする方法もあるかもしれないが、たいていの日本女性はしない方の道を選ぶ。簡単な二重くらいはする人は多くても、あまりの〝改造〟は二の足を踏むことであろう。このあたりがお隣の韓国とは違うところだ。日本は未だにムラ社会ゆえに、告げ口が多いに違いない。

「あの人、昔ブスだったくせに」

という言葉を怖れて、みんな大改造に踏み切れないのではないかと私は思っている。よく芸能人の昔の写真がインターネットで出まわっているが、すごい人気者になれば腹もくくれるであろうが、ふつうのＯＬや学生ではむずかしい。

ついこのあいだのこと、あるパーティーに出たら、ハヤシさん、と声をかけられたが、全く見憶えのない女性であった。しかし私とものすごく親しい関係だったことをほのめかす。

「失礼、どなただったかしら」

「いやーだ、〇〇ですよ」

以前よく遊んでいた年下の友だちであった。頭もセンスもよく、しかも自分で会社を経営するキャリアウーマン。ただちょっと容姿に難はあったのだが、ここまで変わるとは！

彼女は全く別人になっていたのだ！

女偏差値

話がしょっちゅうまわり道をして申しわけない。

結局何の話をしたいかというと、整形手術の話である。前回、大変な大改造をした女友だちの話をした。

ばったり会った時、私は不用意にも、

「全然わからなかった！　すごおーく変わったね」

と大きな声を出してしまった。しかし彼女は悪びれないどころか、非常に嬉しそうに、

「そおですかァ……」

とにっこり笑ったのだ。

その笑顔は実に綺麗だったのであるが、前の顔とあまりにも違うために私は複雑な気分だ。

「あれだけ頭のいいコだったのに、これほどたやすく白旗を振っていいのだろう

か……」

　という思いでいっぱいになったのだ。

　私を含めて美貌に恵まれない女は、たいていの場合、それとなく母親からこう言われる。

「勉強して自立するのよ」

「心を磨いて素敵な人になるのよ」

　別段それですごく努力した憶えもないが、年頃になるにつれ、いろいろ不利なことに気づいた。たとえばバイトに行き一生懸命働いても、後から来た美人の女子大生に席を奪われ解雇を言い渡される、などということはしょっちゅうだ。

　しかし別に暗くなったりはしない。

「今に美人になるからいいもん」

　と思う。その今がいつ来るかわからないが、とにかく未来はいいことがあるに違いないと考える。そして運のいいことに時代も変わってきて、女の偏差値が美貌だけではなくなってくるのだ。魅力的な女性、話が面白い女性、センスがいい女性、頭がいい女性というものが価値を持ち、それなりに男性にモテたりすると、女はま、いいかと自分の中で折り合いをつけていくのだ。

私の尊敬する渡辺淳一先生がこうおっしゃっている。

「男と女の間には、学歴なんか全く関係ない偏差値がある。それは心を惹きつける力、セックスの力なんかの恋愛偏差値なんだよ」

なんていい言葉であろうか。

多くの女は、顔やスタイルとは関係のない女偏差値を高めようと頑張ってきた。それなのにこれだけ顔を変えてしまうというのは、

「私はブスです。そのことにずっと悩んで苦しんできました」

と公表しているようなものではなかろうか。テレビのナントカコロシアムに出てくるような女の子だったら、私はこんなことは言わない。しかし、彼女はとても頭もよく、しかも改造前もそれなりに偏差値は高かったはずである。だから私は残念な気がしたのである。

日々の努力なしに、いきなり顔を変えるのは白旗をあげることではなかろうか。

しかし年をとるにつれ、この私も白旗をあげたくなってきたのである。

「美人になりたくて手術をするのは抵抗あるけど、加齢による手術だったら許されるんじゃないかしら」

こう考えるのは、ふと車の窓や地下鉄の窓に、自分の顔が映った時だ。

「ギャーッ」

と叫びたいほど、そこには老いた女がいる。頬は弛み、目の下のシワや法令線もくっきり。

人が言うには鏡よりも、ガラスを何枚か合わせたもののほうが、光をヘンに屈折して、何倍も老けて見えるそうだ。しかしそんなことは慰めにならない。ある日私は、地下鉄に乗っていてふと目を上げると、まだ生きているはずの母親の顔が浮かんでいて、ぞっとしたことがある。何のことはない、窓に映る私の顔であった。

お直し願望

実はこの私、何度も美容整形医のところへ行ったことがある。レーザーでシミをとったり、サーマクールをしてもらうためだ。このサーマクールは、強い高周波をあてて細胞を活性化させるものであるが、その痛いことといったらなかった。まだ初期の頃で、今ほど改良されていなかったせいもあるが、気絶するほどの痛みに一回でこりてしまった。

またヒアルロン酸注射も三回ほど打ってもらったことがあるが、私はあまり相性がよくなく、ぷっくりと目の下がふくらんでしばらく直らなかったこともある。

おまけにこういう施術はプチ整形とか呼ばれ、同じクリニックですることになる。注射を打ったり、レーザーをあててもらっているうちに、美容整形医は必ずこう言うのだ。

「ハヤシさん、手術は早くするにこしたことはない。悪いことは言わないから、今すぐでもリフティング手術をしなさい。僕だってほら、してるから」

　と目を指さした。年齢のわりにはやけにくっきりとした二重だ。

「僕はね、自分もしたから、ここに来る患者さんみんなに勧めてるよ。手術は絶対にした方がいいって」

　あまりにも断定的な言い方だったので、私の中に反発するものが芽生えた。その医師の夫人を知っていることもあり、

「じゃ、先生は奥さまに手術なさいましたか」

　とつい聞いてしまったのだ。相手が黙りこくったのは言うまでもない。

　この時私は、

「そうか、美容整形っていうのは、自分の愛する女にはやらせたくないものなんだわ」

　と結論を下したのである。

　もっとも流行《はや》っている美容整形医の多くは（すべてとは言いませんが）、収入も多いために愛人がいる。その愛人を実験台にしていろいろな治療をすることもあるようだ。

私は某有名整形医の愛人何人かに会ったことがあるが、いずれも若くて女優並みの美人であった。

そして最近の愛人は家の中でじっとしてはいない。〝先生〟の財力で、輸入雑貨とか洋服のビジネスをはじめ、女社長としておさまっているのですね。

いけない、話がまたまわり道をしてしまった。

とにかく私は、いくら顔が垂れてきても整形はしたくないと考えていたのであるが、それが揺らぐようになった。私の親しい友人がこう言ったからである。

「マブタが落っこってくるようになって眼科へ行ったら、眼瞼下垂《がんけんかすい》だから手術しなさいって。保険を利かせたら三十万。美容整形でキレイにしたら百万円って言われて、私ためらわず三十万円にしたの」

なるほどこういうこともあるのかと思った。

年をとってきたら、もはや美容整形といえないものも増えてくる。私も垂れてきた目をぱっちりさせて、こう言えばいいんじゃないだろうか。

「お医者に行ったら、眼瞼下垂だって。それで医療として治したワケ。美容整形じゃないわよ」

しかしこの言い方もミミっちいような気がする。

それに他のものがぼんやりしてきた顔の中で、目だけがぱっちりはっきりしているのもどうだろうか。少し垂れ気味の目も、優しげでいいのではないだろうか。

そんなことをかつて美容家の田中宥久子さんに相談したら一喝された。

「ハヤシさん、ダメです。直した目は不自然です。マッサージだけで顔の筋力は鍛えられるんですよ。眉の上、ここのところをもっと強くマッサージしてください。そうすれば目の垂れは防ぐことが出来るんですから。今さら整形はダメ！」

〝白おばさん〟と〝黒おばさん〟

先日、ようやく背中のバスブラシを買った。こういうものは、たえず心に留めていないとすぐ買い忘れてしまう。洋服と違い、わざわざ買いに行くものではないからだ。

しかし〝腹ブラシ〟というものはないだろうか。お腹をごしごしやって、脂肪をとるブラシである。

先日、ゴールデンウィークで久しぶりに帰省した。田舎で出かける予定もないので、たえずTシャツとジーンズである。Tシャツとジーンズ（最近はデニムというらしいが）は、私の定番中の定番。これにコム・デ・ギャルソンの可愛いマークがついた紺のカーディガンを羽織れば、あら、山梨にはちょっとない素敵な都会風カジュアル。これならどこへ行ってもオシャレさんでとおるわ、と思っていたのは私だけらしい。

「すっごい、肉のはみ出方……」

同じように帰省していた弟が、しきりに私のお腹をつつくのである。確かにストレッチタイプのTシャツを着ると、カーディガンを留めた下、白い三角形の底辺のあたりがぽこっとふくらんでいるのである。

自分は若いつもりでも、中年の体というのは全体的に丸くなり、やわらかい部分、二の腕とか、お腹のあたりにたっぷりと肉がつき、〝おばさん〟体型になっていく。

これはもちろん何とかしなくてはならないが、そうかといって悲惨なほどトレーニングを積み、スポーツをしてなる〝黒おばさん〟も、私は決していいと思わないのである。

この世に〝白おばさん〟と〝黒おばさん〟があるのを知ったのは十年以上前のこと。なんと言い得て妙なのだろうと感心したことがある。白おばさんというのは、私のようにスポーツが嫌いで、外にも出ないから白くぽちゃぽちゃ太ったおばさん。

それに反して〝黒おばさん〟というのは、トレーニングやゴルフに励み、贅肉はなくて筋骨リュウリュウの体型。たいていは陽に焼けていて黒い。シミやソバカスがかなりあるのであるが、色が黒くなっているため、あまり気にならない様子。体型に自信があるから、冬でもノースリーブを着ている。財界の名士の奥さんでゴルフの名手、といった人にこの黒おばさんは多いが、私のまわりでもやはりいる。実はうんと仲のいい人がこの黒おばさん。

自分はものすごく若く見えると、絶対的な自信を持っているのであるが、実はそうでもなくて、反対にギスギスした印象を与えてしまうのである。

若い人と同じようなショートカットにし、若い人と同じようなミニをはいている。体型を整えているから、そういう服でも難なく入る。しかしそうした格好をすることにより、かえってフケて見えることに本人は気づかない。

無理して若づくりの、枯れ枝のようなおばさん、といった印象しか与えないのである……。

と言ったら、相手に、

「あんた、自分のことは何よ。ぶよぶよ太っててさ」

と叱られそうだ。

中年女の中では、密かに黒おばさんと白おばさんの対立は続いているのである。しかしひとこと言わせてもらうと、黒おばさんを好き、という男性は皆無であるが、白おばさんは好ましい、という男性は案外多い。

私の友人は、保護者会の流れで、同級生のママたち数人とカラオケに行ったところ、彼の歌に合わせて、何人かがタンバリンをうってくれた。その時、高く上げた半袖のブラウスから見える二の腕が揺れて、

「ぞくぞくするくらい色っぽかった」

と証言する。見よ、白おばさんはうまくいくと、女性らしいエロティシズムをかもし出すのである。

ところで白おばさんと黒おばさんという人種の他に、最近は〝茶おばさん〟というのもあり、こちらの勢力も台頭している。

憧れの〝茶おばさん〟

〝茶おばさん〟になるのはかなりむずかしい。なぜなら相当のお金とセンス、それも国際的なセンスが必要とされるからである。

私が知っている〝茶おばさん〟の代表となると、マダム・Eであろうか。ファッション関係者なら、みんな彼女を知っているはずだ。ずっとイタリアにいたため、あちらの国のいくつかのブランドの日本代表をしているからだ。

人脈だってすごい。彼女のパーティーには、某妃殿下もいらっしゃるし、いつだか招待されたホームパーティーでは、なんと公演を終えたプラシド・ドミンゴが顔を出した。そして、

「おー、○○（マダム・Eのファーストネーム）」

と彼女を抱きしめ、ほっぺにチュッチュッキスをしたのである。

以前ミラノに行ったらたまたまマダム・Eも来ていて、半日案内してくれたことがある。カルティエでもグッチでも、支配人が出てきて大げさに抱き合いほっ

ぺにキス。

そして、

「アミーカ・デ・○○（ファーストネーム）」

彼女の友だち値段にしてあげると、三割負けてくれたのには驚いた。

いけない、話がまたまわり道をしてしまった。私が何を言いたいかというと、このマダム・Eというのは、一年中ほどほどに焼けた肌、そして素脚にパンプス、というテラコッタマダムなのである。

今でこそ、素脚にパンプスというのは珍しくないが、十年以上前はあまりいなかったかも。しかもほどよく綺麗に脚は焼けていなくてはならない。

この点、ヨーロッパのマダムというのは、真に注意深く、顔と同じくらい脚の色を調整している。日本でもこの頃、中年の女が素脚をむき出しにしているが、若い人ならともかく白く艶のなくなったものを、あまり見せるのも格好よくない。そういうことを充分に知っているあちらのマダムたちは、焼き加減がいいのである。

ある時、女性誌を見ていたら、有名な女性デザイナーが大きな籐の安楽椅子をパティオに置いていた。上部の方はしっかりとシェードがついている。なんでもヨーロッパで買った、脚だけを陽焼けさせるものなんだと。

やはり茶おばさんたちは、センスと知識が違うと唸ったものである。

さてそのマダム・Eというのは、テラコッタ色の脚ばかりでなく、胸もほどよく露出させ、曲線の目立つブランドもののお洋服を着ている。髪は当然長く、大きなウエイブがついている。日本人ばなれした美しさと迫力で、この方がオペラの劇場のロビイを高いヒールでかつかつと歩くと、それはそれは格好いい。白おばさんよりはずっと体型をシェイプしているが、黒おばさんのように無理している感じではない。女性の豊満な魅力を充分に知り抜いているおしゃれなのである。

こうした茶おばさんに憧れるものの、今さらなれるわけでもない。あれはやはり、若いうちからの外国体験がなせる業なのだ。

それにもともと数えるほどであったが、もう残り少なくなった私の美点の中に、「色が白い」というのがあるからである。

この美点を教えてくださったのが、かの渡辺淳一先生、というのが私の自慢で

ある。今から二十五年以上前、デビューしてすぐ渡辺先生と対談した。その時先生が、Vネックの黒いニットの胸元に目をやり、

「君は本当に肌が綺麗だね。そののぞいている肌を見るとわかるよ」

とおっしゃった。女を描かせても女の目ききにかけても、当代一の先生に言われ、私はどれほど自信をつけたことであろう。

オトコの節穴

そういうわけで、肌には随分お金と手間を使ってきた。

前にもお話ししたとおり、これがイイ、あれがキク、と言われるとすぐに馳せ参じた。こういう時、ちょっと名前を知られていると有難いことにどこでも歓迎してくださる。予約二ヵ月待ち、というサロンでも、

「すぐにどうぞ」

と時間をつくってくださる。

中にはどうしてもお金を受け取ってくれないところもあったが、基本的には必ずといっていいほど正規の料金を払ってきた。ひとつには宣伝に使われたりするとイヤなこと、もうひとつには、タダにしてもらうと書きたいことが書けないことがある。

そういうわけで、私のこの顔という面積には、かなりのお金が投資されているのだ。

しかしどれだけお金と時間を使っても、行きつくところは「整形手術」ということになってしまう。

最近、エステと美容整形を兼ねたところが多いが、何回かヒアルロン酸注射やボトックス、そしてサーマクールなどをやっていると、しばらくして医師が必ずこう言う。

「こんなにチマチマやるより、リフティングをお勧めしますね。あれは若ければ若いほどいいんですからね」

この言葉に心を動かされたことは今までなかった。なぜならあたりを見わたすと、いかにも整形をしました、という女性が多かったからだ。あんなにわかるならイヤ、と思った。

仕事柄女優さんと会うことも多いが、そのうちに目のやり場に困ることもある。年齢のわりにはきゅっと不自然に上がった目もそうだが、ついでに顎もするのであろう、まるで外国人のようなとがったプロフィールになっているのだ。

このあいだは着席式のパーティーに行ったところ、えらい人が連れてきた奥さんが〝モロ整形〟で本当に困った。年とってからの整形は唇にもあらわれていて、ヘンにぶ厚くきゅっと上がっている。

しかしご主人は自慢なのであろう。

「キレイな奥さまですね」

と誰かに言われ、

「まぁ、悪くないでしょ。ハハ」

と上機嫌である。

妻の整形に気づいていないのか、それとも整形など取るに足らないことと思っているのか。おおいに疑問である。

ためしにその日、家に帰り夫にこう言ってみた。

「ねえ、私、美容整形やろうと思うんだけど……」

「やることもないと思うけど、別にやりたければやれば……」

テレビの画面から目を離さずに言い、私は夫の妻への関心のなさと愛情の深さを確認することとなった。

ところで話は変わるようであるが、私がテレビで見るたび、

「何もここまですることはないのに……」

と感慨を持つ女優さんがいる。もうとうに六十を過ぎているはずであるが、顔を思いきりひっぱり上げ、髪型も三十代の時と同じようにしている。

「あの人、すごいね」

「やり過ぎだよね」

と女同士、話題になることも多い。

しかしある日、渡辺淳一先生におめにかかったら、いささか興奮気味でこう言われた。

「ハヤシ君、女優の○○○○に会ったら、キレイで若くてびっくりしたよ。女って努力すれば、年とっても変わらないもんだねぇ。ハヤシ君も安心しなさい」

「ヤだ、先生」

私は叫んだ。

「バッチリ、整形じゃないですか」

が、渡辺先生のような方でもわからないなら、男の人は本当に気づかないのかもしれない。

いざレーザー治療へ

「そうよ、男の人って美容整形、気づかない人、多いのよ」

友人の多くも証言する。

「女から見れば、どう見たって整形だってわかるのに、男の人はどうしてわからないのかしら。あのK姉妹を、本当のきょうだいで、顔も体も天然だと思ってる男だっているぐらいだから」

いくら努力しても法令線はくっきり見えるようになり、顎も弛んできた。それよりも瞼がかぶさってきて目全体が下がってきている。エレベーターに乗り、誰もいない時、私は天井に映る自分の顔を見る。顎もすっきり、目もぱっちり上がっている。それは十年前の顔だそうだ。

あれをもう一度欲しいと思うのはいけないことであろうか。

私は女優とかタレントとかいった、美貌を必要とされる仕事についているわけでもない。美人と言われた人生でもない。

それならば泰然と老いを迎えようではないか。その決心はとうについている。ただ私はババっちい、デブのおばさんになりたくないだけなのだ。そのために、ちょっぴり顔にメスを入れるぐらいいいのかもしれないわ……。

「ダメよ、ハヤシさん。そんなことを考えちゃ」

またもや田中宥久子さんのことを思い出す。

「美容整形がいっぺんで終わるんだったら、私だってやりますよ。だけどあれは違うの。いっぺんでもやったら、何度もやらなきゃいけなくなるんですよ。どんどん土手が崩れてくるようなものです」

そんなわけで私の心が千々に乱れている頃、このエッセイの編集をやってくださっている講談社グラマラスのフジタニ編集長が言ったのだ。

「ハヤシさん、僕と仲のいい美容整形医が言うんですけどね、すっごいレーザー治療を考案した。これを四回すると、肌が生まれ返って美容整形なんか必要なくなるって言うんですよね。十年前の顔になるそうですよ」

「やる、やる。私、それをやる」

どうやら私の「美しい老い」への道のりは美容整形を避けようとするまわり道

のようなのだ。これだけまわり道をしても近づかなかったのだから、やっぱり行かないでいようというのが、今いちばんの心境であろうか。

そして一週間後、私はフジタニ編集長と一緒に、品川スキンクリニックを訪れた。まわり道をしようとしている私であるから、こういうところを訪れるのはやや抵抗があったのであるが心配はなかった。そのビルの六階は美容整形、五階は皮膚科クリニックと分かれているからだ。

そこで紹介された黒田愛美ドクター（当時）の、美しいことにびっくりした。まるでアイドル並みの可憐な美貌なのだ。まだお若いこともあるだろうが、透きとおる陶磁器のような肌だ。こんな肌になれるわけはないだろうが、この黒田先生がおっしゃるとすべてのことに説得力がある。

私が受ける治療は、レーザーで肌に幾つかの小さな穴を開け、そこから栄養を送り込むもの。穴で刺激することにより、栄養が浸透しやすくなり、肌が甦っていくそうだ。

私は七年くらい前、出始めのサーマクールを受け、その痛さに二度とご免だと思ったことがある。

「大丈夫です。レーザーはすごく進歩しているので、そう痛みは感じません」

料金は目元、唇のレーザーも含めると二十万以上になった。が、これでエレベーターの〝天井の顔〟になれると思えば安いものだ。

しかし痛い、なんてもんじゃない。こめかみのあたりにレーザーがきた時は、思わず苦悶の声を漏らしていた。次からは麻酔クリームを塗ってもらおう。

女の〝首〟問題

品川スキンクリニックで受けたレーザー治療は、それはそれは痛みを伴うものであった。

「クリーム状の麻酔等を塗れば、痛みは緩和されますが、私はあまりおすすめしませんね。効果がやや薄れます」

という黒田ドクターのアドバイスもあり、

「私、結構痛みに強いから大丈夫です」

と口走ったのが運のつき。

ベッドに横たわり、レーザーを顔にあてられたのであるが、その痛いことといったら……。特にこめかみのあたりに触れられると、ズシーンという痛みが脳天にまでくるという感じ。

十分足らずの時間であったが、終わったら涙が出ていた。おまけにドクターはこんなことを言うではないか。

「ハヤシさん、次に首をやりましょうよ。首は本当におすすめします」

というわけで、その場で四回分を払ったのである。実は私、デコルテには自信があるものの、以前からネックはずっと気になっていた。顔に比べるとずっと色素が沈着しているうえに、横線は昔からある。

よく手と首に年齢が表れるというけれど、確かに某女優さんを見ていたら、首に横線どころか縦線が走っていて驚いた。何とかアレを阻止したいものだと、この頃は顔のついでに首もマッサージしている。先日「私のお気に入り」で紹介したゲランのネッククリームはずっと使っている。値段はちと高いが、ものすごく効きめがありそうな気がするのだ。

ところで、若い頃私はもっと首が汚なかった。ウロコのようにヘンに光って黒ずんでいた。それを男の人に指摘されショックだったことがある。

あの頃、顔は多少手入れすることを憶え始めても、首は全く何もしなかったからだ。そういうものだと思っていたからである。

中年以上の人ならわかってくれると思うが、あの時代は顔以外のお手入れには、化粧品業界も、女性の意識もあまり目がいかなかったと記憶している。

「首とデコルテ、そして顔は一枚の皮でつながっているのです」

という思想は十年前ぐらいに始まったのではなかろうか。言われてみれば確かにそのとおりで、顔に化粧水やクリーム、美容液をつける時に、首、デコルテまで伸ばしてつければいいだけの話だったのだ。どうしてみんなこれをしなかったのか。化粧品が二倍いるからだ。今でも高価な美容液を胸までずっと伸ばすというのは、〝現役〟まっさかりの時ならともかく、ちょっとためらう気持ちがある。

私の仲よしで、女性誌の化粧品担当をしている編集者は、各社から送られてくる試供品をそれこそ惜しみなく使う（私にも時々分けてくれて嬉しい）。

このあいだは、

「三万円の美容液、毎日首と胸につけちゃった。ついでにカカトにも」

と自慢していたものだ。

いけないいけない、いつものことながら話がまたそれてしまった。首のことである。

先日、美容に熱心なことで有名な女性のエッセイを読んでいたら、

「首にシワをつくらないために、枕は使わない。バスタオルを四つに畳んでそれを枕替わりにします」

と書いてあった。

さっそく試したのであるが、うまく寝つけない。朝になると、ちゃんと枕で寝ている。

それならば最初から枕をとりのけておけばいいのにと言われそうであるが、寝しなに本を読む私にとって、枕は必需品なのだ。「ネック対策」はあまりうまくいっていない私にとって、このレーザーの勧めはまさに朗報だったのである。

ファンデーションの壁

一ヵ月後、当然のように首に麻酔クリームを塗ってもらったところ、ほとんど痛みを感じなかった。よって三回めは顔も同じようにしてしまった。

以前はレーザーの先端が触れただけで、心臓がびくりとしたのであるが、今回はそれもない。もっと早くしてもらえばよかったと本当に思う。私はオプションとして、目の下と唇も施術してもらったので、耐えるものも多かったのだ。

そして三回めの治療からまた一ヵ月近くがたとうとしている。

「四回で結果が出る」

ということなので、このレーザー治療についてまだ書くべきではないのであるが、言えることとは、それほどすごい劇的な変化はまだ訪れていないということだ。しかし確かに肌理《きめ》は細かくなり、艶が出てきた。ゆえにこの頃、私はファンデーションを塗らない。UVクリームに、コスメショップで買ったミネラルパウダーをはたくだけである。ミネラルパウダーというのは、ファンデーションを塗らなくても、お粉をはたくだけ、というやつである。

実はこの、

「ファンデーションを塗るか塗らないか」

というのは、中年女に与えられた大きな問いかけではないだろうか。

私のまわりでもファンデーションをやめた、という女性は案外多い。私のヘアメイクを長いことやってくれている女性も、この三年塗るのをきっぱりやめたところ、ものすごく肌の調子がいいそうだ。確かにソバカスや、小さなシミは幾つか見られるけれど、それでもぐっと若く見える。肌が呼吸している感じなのだ。

私の幼なじみで、ずっと客室乗務員をしている友人は、今まで一度もファンデーションを塗ったことがないというからすごい。

しかしよく手入れされた肌に、真赤な口紅がよく似合う。

私は自分の三十代を思い出した。びっちりファンデを使うのが大好きだったのである。シャネルの白い下地クリームに、やはりシャネルのクリームファンデーションをびっしり重ねた。もちろんコンシーラーをあちこちにつけ、それこそ隙のない肌をつくっていた。少しでも〝地の〟隙間が出来るのがイヤであった。

しかしよく似合っていたと思う。肌が若く弾力とハリがある時、厚塗りはとてもうまくいく。

この頃、若いモード系のコで、濃いアイライン、ピンクのチーク、赤めの口紅とかなりつくり込んだメイクをしている女性がいるが、肌が若くてキレイだと何でも似合ってしまう。

しかし年をとっていくとうまくいかない。朝はキレイに塗ったつもりでも、午後になるとファンデがよれてしまった経験は、四十過ぎると誰もが持っているものであろう。

「だから私は、ファンデーションを使わない」

という女性が、中年になると増えていくのである。

私も三回のレーザー治療の結果、かなり肌に自信が出てきたため、撮影がある時以外はパウダーだけで済ませるようになった。

「えー、ハヤシさん、ファンデしてないんですか。信じられない」

などと言ってくれる人もいて、かなり自慢であった。

しかしここで問題が。そう、瞼の上に、アイシャドウがまるっきりのらないのである。ブラシでやっても、指でやってもその場でひび割れしてしまう。よって化粧品売場で、アイメイクアップクリームを買ってきた。これを塗るとかなり色がのる。

いずれにしても、ファンデなしでも「手抜きおばさん」にならないよう、ヘアや服はいつもの倍気をつけなくてはならない。

不注意一秒、ブス一生

忙しい、忙しい、忙しい。

忙しい、と言うのはみっともないと誰かが言っていたが本当に忙しいんだから仕方ない。

私だけではなく、ここのところ本が本当に売れなくなってきている。印税分の減収を連載でカバーしようとしたら、なんと週刊誌の連載小説に書きおろしの長編小説、それに新聞の連載小説が重なってしまったではないか。

これに今までの週刊誌三本、月刊のいくつかの連載が加わり頭がこんがらがってきそう。そのうえ以前からやっているボランティア団体の仕事が増えるばかりで、いろんなところの理事や幹事もサボらずにやってる。会食もあるし、メトロポリタン・オペラもやってくる。

夜遅く仕事をしようにも、朝は六時に起きて娘と夫のお弁当をつくらなくてはならないし、犬の散歩も一時間たっぷりしなきゃ、すねられる。

気がついたら、ヘアサロンに行くのが後まわしになっていた。ネイルも剝がれたままだ。

ついでにダイエットもお休み……。

「不注意一秒、ブス一生」

というのは、このあいだ私がつくった標語であるが、そのとおり、と何人もの女友だちが叫んだものだ。

この標語は若い人のものではない。たとえばいつも身だしなみがよく、素敵なものを着こなしている中年女性が、一回でもパサパサの髪をしているところを見られたりすると、その評判はガタガタと崩れ去っていくことを言うのである。

私はそれなりに頑張ってきた。雑誌に出る時はヘアメイクを頼み、お洋服も買い、修整は頼まないものの、ライトにはすごく気を遣ってもらったものだ。

その甲斐あって、雑誌のグラビアには、

「この方、どなたでしょうか」

という私が載っている。おかげで、なんとなく、〝キレイ〟と言われないまでも〝キレイにしている〟ぐらいは言われるようになった。

こんな私であるから、テレビに出るのがだんだん怖くなってしまった。うちの大画面のハイビジョンに出たりする勇気は、もう失せている。

女性誌の編集者たちも口を揃えて言う。

「ハヤシさん、不用意にテレビに出ないようにしてくださいね。あの人たちは、僕らのように、ハヤシさんに対して愛情がありませんからね」

であるからして、この何年間か、私はテレビから遠ざかっていた。出るのは一年に一回ぐらい、それもうんと気を遣い〝スタジオ内〟で撮ってくれるものに限っていた。怖くてとてもじゃないが、戸外になどいけやしない。

ところがつい先日、大失態をやらかしてしまったのである。

ドラマ「下流の宴」を観た私の友人たちが口にしたのは、主役の黒木瞳さんの美しさである。ふつうの家庭の主婦を演じているのだが、何気ないニットの普段着姿もキレイ。アップになっても、シミ、シワ、ひとつない。

「どうしてあんなに美貌を保っていられるのかしら」

とみんなが驚いている。

さて黒木瞳さんが、番組のパブリシティのためにトーク番組にお出になることになった。

それで私に依頼があった。

「原作者として、黒木さんに何かひと言、メッセージをお願いします」

撮るのはうちの応接間だという。ほんの短かいＶＴＲなので、ヘアメイクをつけることもないと思った。歩いて五分の近所の美容院へ行き、髪をブロウしてもらった。あとはチャッチャッと自分でメイクをした。これが失敗のはじまりであった。

嗚呼、悲しきＴＶ出演

テレビのスタジオというところは、巨大なライトがいくつも吊るしてあるところである。そして出演者、特に女性のために照明マンが何時間もかけて調整する。

私がデビューしたてのごく若い頃、テレビドラマにちょい役で出演したことがある。その時詳しい人に言われたことは、

「現場でいちばん気を遣わなくてはいけないのは、プロデューサーやディレクターじゃないのよ。照明の人にまず挨拶して、よろしく、って言わなきゃダメよ」

ということであった。

先日、あるトーク番組に一緒に出た時も、脚本家の中園ミホさんが同じことを言っていたっけ。が、当日、私の応接間に置かれたのは、小さなライトが二つだけ。

「ま、いいや。短かいＶＴＲだし……」

と自分に納得させる。そしてカメラがまわり始めた。この時、モニターで自分の映像をチェックすればよかったのであるが、

「女優さんでもないのに恥ずかしい」

という気持ちがわいた。他のギョーカイのことなのでしきたりもわからない。私などが、

「ちょっとモニター見せて」

というのは、すごくいけないことなのではないかという遠慮があったのだ。そして私は多くの人たちから「バカ」と言われることになる。

「黒木瞳さんの顔が突然二倍になったので、どうしたんだろうとびっくりしたら、あなたの顔が出てきたワ」

という友人もいた。

山梨に帰ったら私の従姉などもっと辛辣だ。

「よくも、黒木瞳なんかと出るもんじゃんけ（出るもんだねえーという甲州弁ですね）」

私の顔は超アップで映り、シワも大写しだったそうだ。だそうだ、というのは

あまりにも評判が悪いので、録画したのを見られないからである。

「あんたさー、目の前でこうして見るとそんなにシワないのに、テレビなんかアップで、ものすごいシワだったよ。あんなに大きく出すことないのにねー」

口惜しい。もうこれで私が少しずつ築きあげてきた〝名声〟はガタガタである。

あの時、イヤな女と思われてもいいから、ちゃんとチェックすべきであったと心から思う私である。

しかしそれにしても、女優さんというのはなんと過酷な日々を生きていることであろうか。ほんの少しでも手を抜いたところを見せ、

「○○って、やっぱりフケたわねー」

と言われたら大変なことになる。一瞬一瞬真剣勝負である。しかし頑張り過ぎるとそれが裏目に出る。

昔活躍した女優さんを、たまにバラエティで見たりすると、かなりの違和感をおぼえることが多い。たまのテレビ出演にはしゃいでいるのか、若い人が着るような流行の服に身をつつみ、髪もアクセサリーも過剰なのである。ついでに動作

も大きい。

そういうのを見ると、私ら見ている者はため息をつく。

「あんなに可愛いアイドルだったのにフケたわね……」

黒木さんだけが、ひとつのイコンになっていったのは、この方は年をとっても決して過剰にならない。若づくりをしない。シンプルなまま、透明感を持ったまま、というのがすごいからだ。

中年になり、この透明感を持つというのがどれほどむずかしいことか、つくづく思う。肌も髪も体型も手入れがいきとどいているが、それをわからせないようにしなくてはならない。たとえしていたとしても、肌にコンシーラーを厚塗りしているようには見えないこと。そんなことは奇跡に近い。それなのにその奇跡と一緒にテレビに出たバカな私……。

金の糸

品川スキンクリニックの皮膚科で、レーザー治療を受けたことは既にお話ししたと思う。

三回ほど施術を受けたのであるが、

「まあ、ちょっと綺麗になったかナ……」

という感じ。本来ならこのへんで満足しなくてはいけないのであるが、私が求めているのはもっと劇的な変化だ。

「四回めが終わったら、もっともっと何か変わるんでしょうねッ」

と、黒田ドクターにちょっぴり嫌味を言ってしまった。それにプレッシャーを受けたわけでもないだろうが、四回めは機械の出力が上がった。その痛いこと……。麻酔クリームを塗っていても、ピリピリ痛みを感じたぐらいだ。

そして終わった後、顔の赤味とざらつきがいつもよりひどい。首もやってもらったので境界線がくっきり出来ている。かなり悲惨な状態が三日続き、しばらくは人前に出るのがはばかられるほどであった。

しかし四日めから赤みとざらつきは次第に消えて、新しい肌が顔を出した。この肌が間違いなく変わっている！

肌理《きめ》が細かくなり、色もずっと白くなっているのだ。顔もひとまわり小さくなったような感じ。弛みも薄くなっているような……。

嬉しくなって黒田ドクターに電話をしたら、とても喜んでくださった。

「うちに来てる方で、七十代で毎月一度、この施術を受けてる方がいらっしゃいますけど、私なんかよりずーっと肌が綺麗ですよ。どうですか、ハヤシさんもこれから月に一度」

ふーむ、四回コースかと思っていたが、まだ道のりは続くのか……。

月に一度というのは費用もさることながら、五日間のターン・バックの時間も困るかも。三十日のうち、五日間は顔が真赤でざらざらしているというのは、人前に出ることが多い私としては非常に困る。しかしレーザー治療の威力も知ってしまった。非常に悩むところである。

ところで悩むといえば、『アスクレピオスの愛人』という医療小説を書いた私。医療小説なのでお医者さんもいっぱい出てくる。その中で美容整形医を登場させたいと思っていた私は、昔知り合ったA医師に電話をかけた。こういう小説を書くので取材に応じてほしいと頼んだのだ。

こういう場合、どうしてドクター黒田に頼まないのかと言われそうであるが、私たちはあくまでも医師と客（レーザー治療といってもエステだから患者ではないそうです）という立場で知り合ったのでそういうことは頼みづらいのである。

そして久しぶりに会ったA医師は、今、美容整形の世界で、どんなことが流っているのかいろいろ教えてくれた。

「ハヤシさん、やっぱり〝金の糸〟は最高ですよ」

と言う。

金の糸というのは、目頭から特殊な糸を入れ、頬の皮膚下でからませていく。これによって自然に顔全体が引き締まり上がっていくというのである。

「メスを使わないし、これ、すっごくいいですよ。女優さんでこれをやっている人、ものすごく多いです」

このことを、仲よしの女性編集者に喋ったところ、

「私、金の糸、すごく興味あります」

と、積極的な返事で驚いた。

「あれって切ったりしなくて、すごくいいみたいです。私、お金貯めてしたいんです」

あれ、まあ、と思うぐらい強い口調で言うのだ。金の糸が、女優さんでもタレントさんでもないふつうの女性にこれほど浸透しているとは……。

さらに、美容専門の編集者にも話したところ、

「うちのモデルの○○さんが三本入れてます」

とのこと。

「だけど、顔がツッパリます。笑顔がヘンでしょ？」

ふーむ、金の糸の評価はかなりふた手に分かれる。だけど、金の糸っていうネーミングいいですね。

大きな目、小さな目

久しぶりに昔の仲間に会った。言うまでもないことであるが、女性の美貌、老け具合というのは、住んでいる環境、経済状態が大きく左右する。

私は以前、

「ビンボー人に美人妻なし」

と発言して、

「そこまで言うことないのに」

と、多くの人からヒンシュクをかった。

しかしエステに行くことも、高価な化粧品を使うこともなく、ユニクロばっかり着ていれば、さすがの美人も色褪せていくのはいたしかたない。

それでも三十代ぐらいまでは、お金がなくても結構、若さとこまめさとで乗り切り「綺麗な奥さん」と言われる人は多いものだ。が、四十代、五十代になったら、体力がなくなった分、プロのケアが必要になってくる。若い時と違って、髪もパサつき、美容院に行く回数が大きくモノを言ってくる。こういう時、お金は俄然力を発揮するのだ。

ところが、その女性二人は、どちらもお金持ちの奥さんである。東京生まれ、東京育ちというところも同じ、若い頃、美人と言われ、つまり条件はそっくりだと言ってもいい。

それなのに、一人は見るも無惨な状態となり、もう一人は変わっていないどころか、昔にはなかった妖艶な魅力もたたえているのである。

この違いはいったい何であろうか……。

私はつぶさに観察したところ、次のことがわかった。

悲しいことになっている友人Aは、目鼻立ちの大きな華やかな美人だったのであるが、それが中年になり仇となった。大きな二重の目が弛み、それが頬の弛みと重なってブルドッグ状態となっているのである。

そこへいくと、友人Bは、日本風の涼やかな顔立ちだったのが幸いした。大きな変化は見られないのである。

私はかつて、有名な美容家に指摘されたことがある。

「ハヤシさんみたいな、目の大きな人は気をつけないと。年をとってくると、筋肉が目を支えきれなくなってくるのよ」

年をとってくると、彫りの深い人は目が窪んできて、私みたいな平坦な顔をしていると瞼が弛んでくるようである。涙袋もどんどん大きくなってくる。目が大きければ大きいほど、加齢による周辺のダメージは大きい。ここで手術の決心をする人は多いようだ。

が、年相応に弛んだ目も、それなりにいいものである。負け惜しみでなくそう思う。なぜなら他のものがしぼんでいるのに、目だけがパッチリしているのもおかしい。

最近ある美容家の方のコメントで、

「大人こそアイプチをしましょう。目をくっきりさせると、ぐっと若返りますよ」

と雑誌に書いていたので、さっそくドラッグストアに買いに行った（私って、本当にいろいろやるもんだ）。

何十年かぶりのアイプチはすっかり進化していた。昔のような糊ではなく、フアイバーを貼るものもある。

しかし、おばさんの顔に、くっきり、はっきりの二重は本当におかしい。年と共に目も垂れていき、優しげになり、そして全体の調和はとれているというのが、中年の理想的な顔である。

ナマ脚宣言

ドイツのデザイナー(ジル・サンダー)が大好きだ。

私はほとんどここの洋服を着ている。いわば〝メイン・ブランド〟。ひとつメインを決めておくと、スカートもトップスもたいていうまく組み合わすことが出来る。私のように、時間もなけりゃ、コーディネート能力もない女には、非常に有難い。

私のまわりには、ファッション雑誌の編集者やライター、スタイリスト、ヘアメイクといったおしゃれ巧者が多く、こういう人たちは当然「ブランド・クルージング」をしている。いろいろなショップのものを組み合わせて遊んでいるのだ。

ハイブランドのジャケットにデニム、というのはよくある組み合わせであるが、彼女たちは最先端のブランドのスカートに、ユニクロのTシャツ、そして凝った素材のカーディガンに、面白いアクセサリーをじゃらじゃら。共通しているのは、上は安物を面白がって着ても、靴はすごくいいものを履いているということであろうか。サンダルでも、流行の可愛いものを選んでいる。十二センチヒールのものも平気で履いて、とにかく靴には、お金をかけているのだ。

これは私見であるが、くたびれた安物の夏サンダルほど、哀しいものはない。履いている女が、大層くたびれて見える。

若い人ならば、少々先端がはげかかった一九八〇円のサンダルでも、全体の活力でどうでもよくしてしまう。若い人にお金がないのはあたり前だし。

しかし中年の女性であったら、はげた夏サンダルはもはや致命的だ。小説でも、貧しい疲れきった中年女を描くには、みすぼらしい靴を書いていく。

こういう世の中である。中年女がユニクロのTシャツを着ていても遊びと思われるはずだ。私もしょっちゅう着ている。が、靴はかなりふんぱつしているつもり。

私はあらかじめ靴を脱ぐ場所、たとえば和食屋さんや料亭に行く時には、おろしたてか、デビューして間もない靴を履いていくことにしている。

以前雨の日、ボロ靴に、

「最後のご奉公だからがんばって」

と言いきかせ、ざんざん降りの雨の日に外出した。それをもって〝引退〟をしてもらうつもりだったのに、どうしたことであろう、夕方からカラッと晴れ、私の黒い革靴は突然、白い粉を吹き出したのである。そのままあるオフィスを訪ねたところ、ガラステーブルだったので、その白く変化した靴が丸見えになり、その恥ずかしかったことといったらない。それ以来、雨の日、気の張るところへ行く時は、レインブーツを履き、靴は持っていくようにしている。

そしてここでさらに大きな問題が。それは、

「おばさんはナマ脚で許されるか」

というものだ。つい先日、四十代後半の友人がミニにサマーブーツを組み合わせていた。スタイル抜群の人だから出来たことなのであるが、ひざのあたりが、皺で幾重にもよれている。あまりにも痩せすぎているのだ。若い人のヒザ小僧とはまるで違う。

やはり中年女性は、薄い上質のストッキングをはくべきなのであるが、今年もこの暑さである。私は昨年まで、肌色の網タイツを合わせていたが、それも暑苦

しい。

もう今夏からついに「ナマ脚宣言」をしたのである。

といってもルールを決めた。まず中年の女の脚はみっともないことを知ること。たとえ細くても艶がなくカサカサしている。白い分ヘンにナマナマしいのだ。よってパンツを愛用し、サンダルで決める。あるいは長めのスカート、それもフレア系にする。間違ってもミニのタイトはダメ。出来るだけ脚の面積を少なくすれば、ナマ脚もＯＫと居直る、この居直りの精神も時には大切だ。

日本女性の美

夏のおしゃれといえば、私は着物にとどめをさすような気がする。

夏は若い人のものだ。肩や胸元を大胆に開けたワンピースも可愛いし、ショートパンツも可愛い。

先日、食事を終えた後に夜の六本木ヒルズに出かけたら、モデル風の女の子がいっぱい夕涼みに来ていた。ちょうどシネマが終わり、女友だちと出てきた女の子ときたら、白いブルーマー状のショートパンツをはいていて見惚れてしまった。

あれはファッション用語で何というのであろうか。とにかくびっくりするくらい短かく、ちょうちん風にふくらんでいるのである。が、彼女はものすごく脚が長かったので、ぴたりと決まっていた。脚を見せるためのファッションであろうが、その効果はものすごいものがあり、

「かわいー」

私はふり返って賛辞を惜しまなかった。

若いとプリント柄も、流行りのエスニック風のマキシワンピースも可愛い。しかしおばさんが真似したら大変なことになる。よくスタイルに自信のある人が、夏に肌を露出するが、あれはとても痛々しい。皮膚の張りや艶が、若い人とまるで違うからだ。

ということを踏まえて、中年が真夏にどういうものを着たらいいか、というのはかなり深いテーマであろう。

ノースリーブなら、まあ許せる範囲ではないかと思う。この頃ジムに通ったりして、ちゃんと贅肉を取っている人が多いからだ。

私など「振り袖」どころか、一時期ひどい時は、真横から見て、二の腕の太さと体の厚さがほぼ同じだったことがある。私の体の厚さをとってもたいしたものだから、二の腕がどのくらいすごかったかわかるであろう。

私はノースリーブを着る時は、自分でもチェックし、秘書にもチェックしてもらう。ダイエットがうまくいっている時は、

「それほどおかしくないですよ」

とお許しをもらい、そうでない時は、

「やっぱりひどいです」

ときっぱり言われる。

スタイルに自信のない中年は、真夏でもサマージャケットを着て、インナーはすっきりさせる。あるいは透けるものを品よく着るとか、いろいろ気を遣わなくてはならない。

しかし着物だとすべてが解決する。そのくらい夏の着物というのは、オールマイティであり、すごい威力を発揮するのである。

青山の根津美術館のあたりは、お茶室があるために一年中着物姿の女性が見られる。先日日傘の女性を見たが本当に素敵だった。きちんと髪をあげ、涼し気に夏の着物を着ていたからだ。もちろん中年の女性であった。

私が見ている限り、若いコが夏に着物を着ると、もはや全滅に近い。他のシーズンもひどいが、夏になると特に目があてられないのは、浴衣を着るせいだ。

おばさんがこういうことを言って嫌われるのは百も承知しているが、暑苦しい柄と色の浴衣を選び、茶髪を高々とキャバ嬢のように盛って、左右に垂らしたりをしている。帯は着つけ代をケチって、自分でするのだろうが、とんでもない結び方をしているコが多い。

あれならワンピースやパンツルックの方がはるかに可愛いというものだ。浴衣を着ようとする心はよしとするべきなのであろうが、あれだけみっともなく着られると、心が寒くなるのである。

そこで大人の出番である。

夏に着物を着る人は、かなりの上級者なので安心して見ていられるのだ。中年の女性が薄ものを着て歩いている光景ときたら、本当に涼やかで、

「日本女性の美、ここに極まれり」

という気がする。

夏の着物

そして私は声を大にして言いたいことがある。

「浴衣はお子ちゃまたちにまかせておきましょう」

十何年か前のことである。ある女性誌が、

「歌舞伎座に浴衣を着ていっていいか、どうか」

という特集を組んだ。本来なら部屋着か、ごく近所に行くための浴衣は、どこまでフォーマルになるかという問いかけであったと記憶している。多くの呉服屋さんや識者が「構わない」という中、私は数少ない否定派であった。

「絶対にダメ。大人がそういうことをしちゃいけませんよ」

ところで歌舞伎座は紋入りの提灯がずらりとかかる「和の美の殿堂」である。新年の「初芝居」の日は、日本中からそれこそいいおべべを着た女たちがどっと集まる。そこに梨園の奥さまたちが加わり、ロビイの華やかなことといったらない。

そこにいくら夏だからといって、浴衣が加わるのは、いかがなものであろうかと、私は待った、をかけたのである。

事実、夏のある日、浴衣姿の夫婦を見たことがあったが、とても違和感があった。しかも桟敷席である。薄暗い照明の劇場の中、木綿の浴衣はとても安っぽく見えるのだ。初老のかなりいいお年であったので、ちょっとその心根をはかりかねた。

夏といえども歌舞伎座には、やはりきちんと衿をつけたものを着なくてはならない。それに日本の夏の着物の素晴らしさといったら……。種類も多く、それぞれが物語を持っているのだ。

絽や紗といった透ける絹ものもいいが、私が好きなのは麻類である。着物に凝って、狂おしいほど愛していた三十代から四十代にかけて、それこそいっぱい手に入れた。

離島のおばあが、指で一本ずつ撚《よ》っていくという宮古上布が欲しくて、宮古島へ行ったことがある。その前に沖縄本島で八重山上布を手に入れていた。重要無形文化財となっている越後上布は、羽織るとふわりと軽く、体中に風が通る。

これらの上布類はどれもかなり高価なものであるが、もっと手軽に手に入るものとして小千谷縮もある。以前浴衣パーティーがあった時、大人が素足になるのが嫌で、一人これにした。きちんと衿つきの下着を着て足袋もはくからだ。おかげで皆に誉められたのを記憶している。

そもそも着物を着ると、どこへ行っても大切にされるものだ。レストランやバーではいい席に通されるし、カフェでもわざわざ大きな布のナプキンを持ってきてくれる。夏の着物ならなおさらだ。

私の比較的出番の多いものとして、無地の水色の絽の着物に、トンボの柄の白帯というのがある。これは着物が仕立代込みで八万円、帯は三万円といった値段であったろうか。今は着る人が少ないので、もっと安く手に入るはずである。これを高いか安いかと見ると微妙なところであるが、よそゆきのうんといいワンピースかスーツを買ったと思えばいい。洋服は流行というものがあり、三年前のものは、肩のラインやスカート丈が変わってくる。五年前だと、もっと古くさくなる。古くさいスーツを着ていても誰も誉めてくれない。しかし着物だと二十年前のものでも、皆が誉めてくれる。なんて素敵なのと、おばさんの私でもちやほやしてくれる。

「夏こそ着物」

この原稿を書いて、そうだ今年の夏は十回は着ようと決心した私である。新潟・長岡の花火大会には、越後上布を着ていくつもりだ。

真珠の威力

口惜しいが、夏は若い人の方がずっと有利な季節である。Tシャツにチノパンツ、という格好は若い人だからきまる。多少太っていたとしても、ノースリーブからのぞく二の腕はピチピチしている。コットン、ビーズのアクセサリー、キャラクターのTシャツ、チープで可愛いものはみんな若い人のものだ。私はかねがね、ジャケットは高いものを着ていても、インナーは安いものでOK、という考えであった。であるからして、五百円の量販店のTシャツやタンクトップを愛用していたことがある。しかしそういうものを着た日は、どこか私の顔色がさえない。いつもよりもずっとフケて見えるのである。どうしてだろうかと考えた結果、〝てり〟のせいだとわかったのである。

顔に艶がなくなった分、布地で補わなくてはならない。であるからして顔にいちばん近い部分こそ、上質な綿やシルクが必要なのである。そして宝石もその役目を果たす。

先日、若い人向けのアクセサリー売場で、パールがいっぱい並んでいるのを見つけた。パールといっても模造真珠で、とても値段が安い。長いもので二千円ぐらいである。それを手にとり、

「私のトシならまずできないなあ」

としみじみ思った。これをフェイクっぽく若い人が身につけたらとてもおしゃれだろう。が、もし中年の女がつけたりしたら、

「肌が負けてしまう」

のだ。この安っぽいてりが、中年女の肌艶にいいように働くはずはない。大人になったら頑張って本物の真珠を身につけ、そのてりで肌をひき立ててもらわなくてはならないはずだ。

若い頃の私は、宝石にまるで興味がなかったが真珠だけは別であった。といってもたいしたものを持っていたわけではない。ひと粒のペンダントぐらいである。が、結婚の際、ウエディングドレスに合わせて、大粒のネックレスを買った。自分としてはかなりフンパツしたつもりであるが、四年ぐらい前知り合いの宝石屋さんが、それは素晴らしいネックレスを持ってきた。色といい輝きとい

い、そして大きさといい、前のものよりもはるかにいい。彼が言うには、

「これだけの連《れん》は、ちょっとできないでしょう」

とのこと。

不景気が続き、資金ぐりのために半額で売ってくれるとのことで、値段は前のネックレスと同じぐらいだったと記憶している。そしてその真珠は私のものとなったのであるが、これを身につけているとあきらかに顔色が違うのだ。カシミアのシンプルな黒のニットに、この真珠を合わせると、我ながら「女の格」がぐっと上がったような気がする。

同い齢の友人は、大金持ちの奥さんなので、これぞという時に、サファイアとルビーを組み合わせたものや、エメラルドをつないだ素晴らしい宝石を身につける。それはそれで素敵だと思うものの、私は〝色もの〟の宝石はあまり好みではない。あれはもう少し肌が衰え、首に幾重もの筋と弛みがついた時に身につけたいと計画している。

それよりも〝てり〟を考えると、真珠とダイヤが、中年女を綺麗に見せてくれると私は信じているのだ。その他にはカシミアやシルクと、女の顔の〝へり〟の

部分は、うんと贅沢をしたい。同じTシャツにしても、高級な綿にはちゃんと〝てり〟があるのだ。

こういうことを書くと、

「お金があるからじゃない」

という人が必ずいよう。が、若い人には若さという財産がある。中年になったら若さの替わりにいくらかのお金を持ちたい。そういう大人になれなかったら嘘だ。ある程度の年になると、お金は洗練やエレガントへの引き替え券となるからである。

家の中でも……

夏はフケるのが早い。こう思うのは私だけであろうか。

そのひとつに、着るもののだらしなさがあげられる。家にいる時はとにかくラクをしていたい。ということで、着るものはワンピースになる。といっても、素敵なデザインのものではない。

おとしは三千五百円のユニクロのワンピースばかり着ていた。夜洗って干しておけば次の日の朝には乾くので、これでひと夏通したといってもいい。ユニクロの生地は丈夫で、この過酷なおつとめにも耐えてくれたが、秋のはじまりには、やはりぐったりとなっていた。どうしようかと考えたが捨てることにした。三千五百円でふた月頑張ってくれたのだ。

昨年の夏に活躍してくれたのは、麻混のスカートである。これは通販で買った。くたくたになるまで着て、今年もやっぱり着ている。Tシャツにこのスカートで近所まで出かけて、秘書にとがめられた。

「そのよれよれのスカート、誰が見てるかわかりませんよ」

　ということで、通販でまたワンピースを買うことにした。新聞広告に時々出ている、中年向きの通販だ。モデルが着ているかのこ織りのワンピースが涼し気でなかなか可愛く、色違いで二枚頼んだ。しかし私のサイズ、XLは品切れだとオペレーションセンターの女性は言う。

「八月になるまで待っていただけますか」

　ということで、そのワンピースが昨日届いた。グレイと紺だ。グレイの方をさっそく着たところ、家中が沈黙してしまったのである。

「ハヤシさん、あんまり似合っているとは思えませんけど……」

　ややあって秘書が言った。鏡に映してみると、どうしようもないぐらいダサいおばさんがそこにいた。なんといおうか、カッティングがシンプルな分、体型の悪さがひと目でわかるのだ。

「何、これ、やだー！　もろおばさんじゃん」

　と言いながらも、そのワンピースを着続けている私。なんだかもうこの夏に手放せないものになっているのである。

秘書は言う。

「ハヤシさん、もう着なくなった服が、山のようにあるじゃないですか。それをおろして、少しずつ家の中用にしたらどうですか」

なかなかいい意見であるが、彼女は生地のことが今ひとつわかっていない。そりゃあ外に行く時、私は高級ブランドの服を着る。その中にはワンピースも何枚かある。そうしたものの多くは、夏でもシルクであったり、上等な麻を使っている。つまりクリーニングが必要なものばかりなのだ。そのうえ凝ったカッティングゆえに着ていると結構きつい。外から帰ってくると、私はまずリングと時計をはずし、そして洋服を脱ぎ捨てる。そしていつもの家用のくたくたとなったワンピースやTシャツに着替え、やっとひと息つく。

「あー、疲れた」

そして冷たいものを飲みながら、テレビのチャンネルをまわす至福のひととき。

私の年上の友人に、外資系ブランドの役員をしているすごい美女がいる。彼女は有名な建築家のご主人が設計した、床が大理石のそれはそれは素敵な家に住んでいる。ここの家はスリッパなんかない。外国式に靴で暮らすようになっているからだ。これだけでも信じられない話であるが、もっとすごいことに、彼女はこの家の中で常にハイヒールを履いているのだ。フラットシューズではなく、ハイヒールである。

「家の中でだらしない格好をしているのを、主人がとても嫌うのよ」

家の中でハイヒールでいるということは、もちろん髪と洋服も完璧にしているということだ。

脱ボサボサ髪

「家の中でも美女」

私のまわりにはこういう人が何人かいる。たいていはお金持ちの奥さんだ。こういう方は家の中も綺麗に整えていて、大量の花を飾り、ふだんの食事でもちゃんとテーブルセッティングをしている。

こういう方々が、家の中で何を着ているかというと、やっぱりユニクロや通販を着ていない。たとえば夏だと、ノースリーブの綺麗な色のブラウスに、白いパンツなどお召しになっている。

「家の中で白いパンツはないよねー。すぐに汚れちゃうよ」

などと考えるのは、私がやはり本当におしゃれが好きではないからに違いない。着るものにはハレとケがあって、ハレの方は頑張るが、ケの方は出来るだけラクチンで値段も安いもの、と考えるのはやはり本物のおしゃれさんたちからはほど遠い。

私は家の中でもきちんと装う人たちに憧れる。憧れるが絶対に自分には出来そうもない……と居直ってしまえばそれまでである。少しは改善しなくてはならないだろう。そう、何度でも言っているように、夏の間、暑さのあまり外出せずに、通販のワンピースを着てごろごろしていたらいっきにフケる。だらしないおばさんになっていく。それぐらい自分でもわかる。たとえギャラリーが夫だけでも、何かしら装う気持ちは持っていなくてはならないだろう。

まずはボサボサ髪をやめる。髪が乱れていてもサマになるのは若い人だけ。年をとったらまず髪であろう。私は週刊誌で対談の仕事を持っているため、週に三回少なくても二回は美容院へ行く。おかげでわりといつも綺麗な髪をしているのであるが、問題は自分でシャンプーをしたあとである。自然乾燥させていつもボサボサであったのを、ドライヤーで乾かしながらセットする。あたり前じゃないか、と言われそうであるが、このことは私にとって大きな前進である。

髪といえば思い出すことがある。朝の七時過ぎの新幹線に乗っていた。講演に行くためである。あちらに着いたら、地元の美容院に駆け込もうと考えていた私は、いつものようにボサボサの髪をしている。

そして何気なく前を見ていたら、一筋の乱れもない髪の美人がいた。櫻井よしこさんだ。さっそくご挨拶に行く。そしてぶしつけにこんな質問をした。

「櫻井さんって、いつお会いしても完璧な髪をしていらっしゃいますけど、それはご自分でなさるんですか」

「ああ、違うのよォ」

実物の櫻井さんはおっとりとしていてとてもエレガントな方だ。あの強い文章を書く方とはとても思えないほど、ふだんは甘く可愛らしい言い方をなさる。

「私のたったひとつの贅沢はね、美容師さんに来てもらうことなの。今朝も早いけど来てもらったのよォ」

櫻井さんの美の秘密に触れたような気がした。

私は、自分の家に毎日美容師さんを呼ぶようなことは出来ない。しかし自分で行けばいいのである。

この街に引っ越してきた時、近所をいろいろ歩いて〝マイ美容室〟を見つけた。そこは四十代の男性がひとりでやっている店で、嬉しいことに朝八時半から営業している。しかもセットは三千円という値段だ。家から歩いて五分で、朝早くからやっている美容院などめったにあるもんじゃない。しかし困ったことがある。ここの美容室は定休日が火曜日でなく水曜日なのだ。ゆえに水曜日に対談やインタビューが入っていると本当に困る。彼とかなり仲よくしていて、この町の他のサロンを全く開拓していないのだ。

ピンとくる顔

人間というのは、個性を完成させるために一生を費やすのではないだろうか。ふとそんなことを思ったのは、ある女性を私の知り合いに引き合わせたからである。

年の功といおうか何といおうか、

「ハヤシさんはお顔が広いでしょうから」

と縁談の世話を頼まれることが多くなった。生まれついてのお節介、頼まれることは何でも一生懸命やるたちである。

若い女性をいろんなところに連れていき、相手の男性に会わせる。しかしうまくいったことはない。

相手方からよく聞く言葉は、

「ピンとこなかった」

というものであり、これはいちばん説得力がある。男と女が「ピンとこなかった」ら、何も始まらないのである。

しかしそれにしても「ピンとくる」というのはどういうことであろうか。それは強い魅力で相手をねじ伏せることではないかと思うようになった。

ある時、その若い女性、仮にA子さんとしておこう、と、彼女のお父さんと一緒にご飯を食べることがあった。その時話がA子さんの結婚についてになったのだ。

「一度でいいから結婚させてやりたいんで、誰かいたらお願いしますよ」

とお父さんに頭を下げられ、私がよく知っている男性とカジュアルに会うことになった。私がたまたまその男性と会うことがあったので、ホテルのラウンジに急いで彼女を呼び出したのである。

大急ぎでやってきたA子さんの顔をあらためて見た時、

「このコ、いいなあ」

と思わずにはいられなかった。若い、といってもA子さんは三十代半ば。もっと若い時には海外で暮らしたこともある。第一線で仕事をしていて非常に有能である。そういう彼女のストーリーが、すべて顔に表れているのだ。男性がひと目で気に入ったのがわかった、つまり「ピンときた」のである。

　そうか、こういうことなのかと、私なりにわかったことがある。人の一生というのは、いかに魅力ある個性を確立するかということなのだ。女性の場合、かなり美しさが影響してくるが、やがて年をとってくると、それもどうでもよくなってくる。外見が衰えていく分、内側が透けて見えてくるからだ。その折り返し地点が中年という年齢なのだろう。魅力ある人、魅力ない人とではっきり分かれる。中年の魅力のない女ほど、始末に困るものはない。自分がもう若くないから人が寄ってこないのではないかとひがみっぽくなる。揚句の果ては社会の責任だと言い出したりするのである。

　中年の魅力とは何か。まず話が面白いことだ。饒舌である必要はない。いろいろな知識を持つこともない。ただ受け答えに、その人の今までの人生が反映されていないと困るのだ。そうかといって特殊な人生を尊ぼうというのでもない。

　ふつうに生きてきても、自分の頭で考え、結論がつけられる人は会っていてもとても楽しいものだ。私は同じくらいの年齢の女をたくさん知っているが、名刺を交換してそれきりの人もいれば、

「どうしても仲よくしたい」

とどちらかが積極的に出て、友人になった例もある。思慮深い女、すべてがあけっぴろげな女もいる。私は平凡でつまらない人生などというものはないし、平凡でつまらない人間もいないと思っている。しかしプレゼンテーションの仕方が平凡でつまらない人はいくらでもいる。中年の女が、魅力的で、また会いたいと思わせること、これはむずかしい問題だ。しかしきっと出来る。私のまわりには何人もいるからである。

京都の美女力

一流の、というただし書きがつくが、私は昔から花柳界の人たちにひどく憧れるところがある。

有吉佐和子さんや宮尾登美子さんの、芸者さんに題材をとった小説が大好きなせいかもしれない。

幸いなことに、大人になってからは時々そういう場所に行くことが出来た。二十年ほど前、日本舞踊を習っていた頃は、しょっちゅう料亭へ連れていってもらい、芸者さんたちに踊りをせがんだものだ。花柳界には「お化け」といって、節分の時に仮装をする行事があるが、芸者さんだけでなく、お客も何かするのが許される。この時は鬘《かつら》をつけて、黒い裾ひきの正装をまとった芸者さんになった。

そんなわけだから、京都へ行くのが大好きだ。昔はいろんな理由をつけ、ことあるごとに京都へ遊びに行っていた。着物に凝っていた頃は呉服屋さんに出入りし、女友だちと二人、評判の店で夕食をとった。バブルの頃だったこともあり、あちらの方がよく私たちを一流の料亭やお茶屋さんに連れていってくれたものだ。

今はそんな奇特な人はいないし、私も「おごってもらう女の子」の年をとっくに越えているので、ワリカンにしてもらって遊ぶ。その方がずっと楽しい。

そしてつくづく思うのは、京都の花柳界の底知れぬ深さである。いろいろなしきたりがあり、完璧なまでの様式美がある。私のように年に何回か、たまに覗き見る者には、到底うかがい知ることの出来ないさまざまな思惑があり、それが京都にしかいない美しい女性をつくり出しているようだ。

そしてそのことを教えてくれたのが渡辺淳一先生であった。まだコムスメの時分から、私は渡辺先生に可愛がっていただき、京都をご一緒したことも一度や二度ではない。大作家であるというだけでなく、当代きっての粋人である先生は京都をこよなく愛し、しばらく住んでいらしたこともあるはずだ。京都を舞台にした恋愛小説は、どれもが大ベストセラーになり、女たちの心を妄想へと誘ったものである。私などはよく編集者たちと、

「あの主人公の女性は、先生の恋人がモデルで、その人はどこそこのあの人らし

い」

　とこそこそ噂をしていたものだ。

　それはともかく、ある夜のこと、渡辺先生にとあるお茶屋バーに連れていっていただいたことがある。そこのママの美しかったことといったらない。お茶屋バーというのは、たいてい芸妓さんが兼業しているらしいのだが、その人もそうであった。

「水際立つ」という言葉があるが、こってりとした色気がありながら洗練されている。肌の美しさ、髪型、化粧のどれをとっても隙がない。そしてこう言っては誤解されそうなのであるが、悪の魅力があった。それは、

「こういう女の人って、ものすごくお金がかかりそう」

　という直感である。事実そうに違いない。私も花柳界のことなど詳しくは知らないが、彼女たちが毎晩会うのは、それこそ日本を代表するようなＶＩＰやお金持ちであろう。そこいらの男など相手にしてもらえないのは当然で、高ビーオーラがびんびん出ていたのである。そしてまとわりつくようなあの京都弁……。

「まあ、先生。ごぶさたどしたなあ……」

二人は親しく会話をかわし、先生はこんなことをおっしゃった。

「ハヤシ君、この人はね、お祖母ちゃんもお母さんも舞妓から芸妓になって、結婚しないで女の子を産んだ。そしてこの人も舞妓から出た。これは祇園の超エリートコース。言ってみれば昔の、一中－一高－東京帝大のコースなんだ。本当にすごいことなんだよ」

美女力、おそるべし

まあ、そういう考え方をする方だから、渡辺先生は花柳界の女性たちにも大人気だったのであろう。

またちょっとこれはスキャンダルめいた話になるけれども、祇園の女性というと思い出す話がある。

今から十年以上も前のことだ。ニュービジネスを起ち上げ、莫大な財をなした方がいた。世間でもよく「風雲児」のように取り上げられ、名前を言えばああと思い出す人もいるに違いない。が、残念なことに数年前に鬼籍に入られた。

その方が孫のような年の、祇園の芸妓さんを落籍《ひか》せたという噂が、バッと広まったことがある。その時のお金が十億とも二十億とも言われた。落籍《らくせき》というのは、水商売の女性をきっぱりと辞めさせ、自分だけの愛人にすることである。彼女を育ててくれた置屋《おきや》さん（プロダクションのようなもの）はじめ、先輩の芸妓さんたちにもお金をバラまかなくてはいけないので、それはそれはお金を遣うらしい。もちろんご本人の一生を預かるわけであるから、マンションのひとつも買うのがマナーであろう。そんなわけで大変なお金を遣うわけであるが、この話は、

「最近珍しく景気のいい美談」

として、パッと巷《ちまた》に流布されたのである。

それにしても、七十代の男性に囲われるわけだ。いくらお金をいっぱい手にするとしても、東京のマンションに一人住んで、男の人を待つ日常ってどんなものかしらと、私はあれこれ想像してしまった。

私はその企業の会長さんにもお会いしたこともなく、全く縁のない方なので、遠い世界のおとぎ話のように思っていたのであろう。俄然興味はあったものの、いつしかその話も忘れかけていた頃だ。ある偶然が起こった。

親しい年下の友人と一緒に、呉服屋さんのパーティーに出かけたところ、同じマンションということで例の彼女を連れてきたのである。

仮にその女性をB子さんとしておこう。B子さんはまだ二十代だったはずであるが、もう大人の色香を漂わせた美女であった。呉服屋さんの集まりということ

で、訪問着か付け下げを着ていたと思うが、とてもふつうの女性には見えなかった。「シロウトさんには見えない」というのは、この場合誉め言葉である。着物の着方の粋とこなれ方、そして風情の綺麗さというのは、水商売の人のそれ、ホステスさんではなく、長いこと修業を重ねる花柳界の女性が持っているものだ。パーティーが終わった後、三人で私のよく知っているバーに入った。私の友人ものすごい美人のうえに着物姿だったので、カウンターはぱっと華やいだ。ふだんはニコリともしない寡黙なそこのご主人が、

「今夜はカウンターのお客さんから、特別チャージ料金を貰わなくてはなりませんなぁ」

と冗談を言ったぐらいだ。

その美しいB子さんの隣りに座り、女ながら私はドキドキしてしまった。私よりもずっと年下のはずなのに、彼女にはあたりを制するような貫禄があるのだ。言ってみれば〝美女力〟というやつであろうか。

幼い頃から可愛い、キレイと言われ続けた少女が、特殊な世界に入り、今度は男の人たちからチヤホヤされる。お金という現実的なものを積まれ「これでどう

ですか」と尋ねられる。貫禄と美女力が出てくるのはあたり前ではないか。

そんなものはハナからない私は、もう下手に出て、おっかなびっくり。いつのまにか機嫌をとっていた。すべて知らないことにして、

「B子さん……。お仕事、何してるの」

などと尋ね、

「私のこと、もうお聞きになっているでしょ」

と、ふふと静かに唇だけ動かして笑ったあの顔の不敵さ。

美女力、おそるべし。

祇園の真生ちゃん

ところで京都は、今も美女たちがいっぱいいるところだ。

今は昔と違って、家が貧しくて……などという人は皆無である。現代の女の子たちは、テレビやグラビアでの舞妓さんや芸妓さんに憧れて、インターネットなんかで応募してくるようだ。芸能界のオーディションを受けるのと同じノリだ。

しかしとんでもない現実が待っている。

踊りや楽器は言うにおよばず、茶の湯のお稽古もみっちりやらされる。口のきき方から所作のひとつひとつ、寝起きを共にする置屋のおかあさんに叩き込まれるのだ。この修業の辛さというのはすごいものがあるらしい。

「一度舞妓さんの格好したいの」

というレベルの女の子は、早い時期に次々と脱落していく。そして頑張り抜いた女の子だけが、どんどん美女の階段をあがっていくことになるのだ。

祇園の真生ちゃんは、四国出身の女の子だ。初めてお座敷で会ったのは今から

四年前。当時から売れっ子だったが、

「えらいガタイのいい、のびのびとした女の子だなぁ」

という印象がある。芸妓さんになったばかりで、まだ初々しいといおうか、素人っぽさを多分に残していたような気がする。

ところが今や、彼女は祇園を代表するような人気芸妓さんになった。性格は相変わらず素直で飾りけがなく、とても愛らしい若い女性なのであるが、もはや近づきがたい威厳と美しさに充ちている。

この「近づきがたい」というのが、京都の花柳界の女性の証ではなかろうか。舞妓ちゃんは代々置屋さんに伝わる豪華で重々しい着物に身を包み、芸妓さんも趣味のいい高価なものに身を包んでいる。いくら愛想よくされても、客は「どうも、恐縮です」という感じになる。お客はお金を払っていても決して上から目線になることはない不思議な世界。

しかしごく一部の権力とお金、あるいはすごい魅力を持つ男性だけが、ずんずんと彼女たちの心の中に入っていけるのであろう。そのへんのことは女である私にはよくわからない。

しかし真生ちゃんを見ているとつくづく思う。

「この人たちって、女として価値が違うんだろうな」

真生ちゃんがもしふつうのＯＬだとしたら、まあふつうの綺麗な女性ということになろうが、京都の花柳界の中にいれば、その美しさは磨かれ、ちょっとふつうの男性には手の届かない存在になってしまう。事実真生ちゃんたちは、お客さんたちに連れられて、一流のお店に出入りし、すごい経験を積み、どこへ行っても動じない威厳を身につけているのだ。

このあいだ感動的なテレビドキュメントを見た。それは舞妓修業の女の子の京都宮川町での一年を描いたものだ。中学校を出たての、このまま行くとヤンキーになりそうな女の子が、置屋さんにやってくる。彼女は置屋さんに寝起きし、箸のあげおろしから注意され、舞妓さんになるための厳しい芸の稽古を始めるのだ。日本舞踊などやったことがない女の子が、扇の持ち方から始める。つらくてよく泣く。

「こんなんで大丈夫かナ」

と思っていたところ、なんという京都マジック！　一年もたつ頃には、地毛で結う日本髪も着物もちゃんとなじんできたのである。

そして不思議なことに、やや険のあった小づくりの顔が、色気のある綺麗なものに変わっていった。

京都マジック

このドキュメントには、まだ驚くべきことがいっぱいあった。

この主役級の舞妓志願の女の子の他に、テレビカメラは、もう一人置屋の先輩芸妓ちゃんを映し出す。

その女の子ときたら、失礼ながらずんぐりした肥満型で、顔もおへちゃ（古い言い方ですね）。もっさりとした、どこにも取り得がない女の子に見えた。

「本人が志望したとはいえ、よくこんな女の子を採用したなぁ」

とびっくりしたぐらいだ。不器用で、踊りの憶えもよくない。お稽古場でしくしく泣くさまは、まるで若い時の自分を見ているようだ。

「だからさー、アンタさー、舞妓になりたいなんて、分不相応なことを考えちゃダメなんだってば」

とテレビに向かって、怒鳴りたくなったぐらいである。そしてどこかでやめると思っていたところ、この女の子は、舞妓の修業をちゃんとやり遂げ、今は芸妓さんに昇格していた。そして後輩の女の子に踊りを教えてやるのであるが、その手つきのいいこと。何よりも驚いたのは、彼女が着物が似合う、ちょっとふっくらした、色っぽい芸妓さんになっていたことである。

何という京都マジックであろうか！

重ね重ね失礼ながら、あのコがふつうのＯＬコースをたどっていたら、まあデブのやや落ちるコということで、合コンでもモテなかったはず。ところが今は身のこなしの美しい、魅力あふれる女性となっているのである。男の人もいっぱい近づいてくるだろうし、彼女とつき合うにはそれこそ大金もいることであろう。京都がこれだけお金と手間をかけて変身させてくれるのだ。

「もし女の子がいて、そのコの容貌がイマイチだとしたら、京都に行かせるに限るよ」

と私は興奮して、友だちに電話したものである。美人のうえに頭がいいコであったら、才覚次第でいろんな道が開けることであろう。今はふつうに結婚する人も多いとのこと。

私は真生ちゃんとじっくり話をして、どうしてこんなに綺麗なのか、少しずつページを開くようにわかるようになった。

まず肌が美しい。白い抜けるような肌は、毎日のお手入れの成果であろう。これに彼女は黒い眉、黒いアイライン、赤い口紅という色を使って化粧している。これに漆黒の髪が輪郭をおおう。どういうことかというと、日本の女性本来の美しさを演出しているのである。隣りに編集者の若い女性が同席していた。彼女も若くて、それはそれは綺麗な肌をして目もパッチリと愛らしい。が、茶色に染めた髪と今風のナチュラルメイクが、凡庸な印象を受けるのである。真生ちゃんの前では。

赤と黒との化粧が、いかにインパクトのある美しさを出しているかということであろう。そして真生ちゃんは、うなじも耳たぶも、手も、およそ見える場所のすべてが美しい。これは、

「どんなところからも、お客さんの視線がある」

という自覚のあらわれに違いない。

歌舞伎を見に行って、

「ああ、今回は花柳界の人たちが来ているな」

とすぐにわかるのは、衿足が他の女性たちとまるで違っていることだ。ふつうの奥さんたちだと、着物姿でアップにしていても後ろはあまり始末をしていない。ぽやぽやと生毛《うぶげ》が生えているし。しかし水商売の人たちは、東京であろうと京都であろうと、みんな綺麗に始末しているのだ。男の人が、案外ここに目をやることをようく知っているのであろう。

ここの世界に生きる女性たちが、中年になっても美しくないはずはない。むしろ彼女たちの本領は、年頃の芸妓さんになり、お茶屋バーの一軒も持つ頃に、発揮されるのではないだろうか。

涼やかな目力

京都の花柳界の中年の女性は色っぽい。どうしてあれほど色っぽいのであろうか……。

現役の女性だから。確かにそれもあると思う。四十、五十になっても美しい彼女たちは、結婚していないから（確か結婚したらこの世界は引退のはず）、近づいてくる男の人もいっぱいいいそうだ。

そしてもうひとつは何度も言うように、メイクのせいだ。私が観察している限り、京都の花柳界の女性で、アイメイクをパッチリ、目を大きく見せようという人はいないような気がする。日本風の化粧は、目を大きく見せることよりも、切れ長に見せることに力をおくせいであろう。

私はもともと、目が大きいことと色っぽいこととは何の関係もない、むしろ色気は、大きくない目にこそ宿る、という考え方の持ち主である。切れ長の涼やかな目こそ、本当の色気を持つのだ。

このあいだシンポジウムをした時、司会をしてくれたフリーアナウンサーの女性がまさしくそうであった。細めのやや睡《ねむ》たげな目をした美人なのだ。自分でもその魅力がわかっているらしく、だらしなくない程度に髪をルーズアップにしていて、それがとてもよく似合っていた。

細い目がいいと言ってももちろん条件があり、他の鼻や唇が整った形をしていて、うりざね型の顔をしていること。そして目は小さくても、黒目の部分が大きいことだ。

私は昔から目こそ大きかったが、誉められたことはない。他のパーツがよくないのと白目の面積が多い、いわゆる三白眼だったせいであろう。

「黒目がもっと大きかったら、私は美人になっていたかもしれない」

と、ためしに写真の黒目を塗ったことがあるが、びっくりタヌキのような顔になってしまった……。

いけない、いけない、また寄り道をしてしまった。とにかく私は、目が大きければいいというものではない、という考えの持ち主なのである。だから中年女性の睫毛のエクステや、つけ睫毛には大反対なのである。

前にも言ったと思うが、中年女性は上の瞼《まぶた》が下がっている。そこへエクステやつけ睫毛をしても元気がないものが、だらっと下がっているだけ。若い人のエクステが、パッチリと見開いた目をつくり、

「お日さま、いらっしゃい」

と呼びかけているようなのに対して、中年のそれは、日除けを半分おろした商店みたい。

「もうそろそろ閉店の時間ですが」

と告げているようである。

私はテレビを見ていても、中年を過ぎた女優さんが〝お直し〟したのかおめめパッチリになっていても、少しも色気を感じない。それよりも、加齢により小さく細くなった目の女優さんに、なんともいえない風情を感じるのだ。

京都の女性たちのように、目にあまり手を加えないのもいいし、反対に垂れかかった目に思いきり太いアイラインを入れる女性も好き。このテの女性は、外国帰りが多く、年をとってもやっぱり綺麗だ。

いずれにしても、エクステやつけ睫毛という、中年の女には絶対に似合わない

ヒラヒラしたものはくっつけていない。

　そうそう、それから中年の目には、キラキラもタブーであろう。私はアイシャドウを使う時、絶対にラメ入りのものは選ばない。瞼を腫れぼったく見せるだけだからだ。パッチリ、ヒラヒラキラキラを避けて、私は〝目力〟で勝負しようと思う。黒木メイサさんのような、わかりやすく美しい目力はなくても、この年まで生きてきた女に、目からのパワーがなくてどうする、という思いを込めて、

「若い女を求める男は、教養のない証拠」

　と言ってくれるやさしい男友だちに向けて、この力を発揮することにしている。

若い頃の私

魅力ある人、というのはいったいどういうことであろうか。

この頃よく考える。それは私が人生の後半にさしかかっているからに違いない。

人の一生というのは、少しずつ経験を積み、努力もして、人に好かれる個性をつくり上げることだとこの頃の私は考えるようになっている。

などということを話すと、夫はこう反論する。

「別に人に好かれなくたっていいんだ。性格が暗くて何が悪い。それも個性っていうもんだろ」

確かにそういう意見もあるだろうが、世間を狭くし、友だちも少ない夫を見ていると、

「まあ、何が楽しくて……」

と思う私である。

というのも、若い頃の私は、まるでミソッかすで、人気があるとか、人に好かれる、という経験が皆無だったからである。

「ハヤシさんは、若い頃からキラキラしていて面白い人だったんでしょう」とお世辞を言ってくれる人もいるが、若い頃の私は奇矯な振る舞いが多く変わっている、今の言葉で言えば「うざったい」女の子であったと思う。

特に勤めてからが最悪であった。なまじコピーライターという派手な職業についたばかりに、それはそれは嫌なめにあうことになる。なぜならあの頃時代の先端をいっていた仕事には、「ファッショナブル」とか、「情報通」という条件がついたのであるが、私にとっては、全く持ち合わせていないものだ。着るものも野暮ったいし、六本木や新宿のディスコにも行ったことがない。これも今の言葉だと「ダサい」典型のような女の子。

劣等感が強いくせにプライドが高い。おどおどと他人の表情をうかがいながら、すり寄ろう、すり寄ろう、としている女の子。こんなコが人に好かれるわけはない。

ある時こんなことがあった。私は当時十人ほどの小さな広告プロダクションに勤めていたのであるが、ある日デザイナーが言った。

「今夜うちでビアパーティーやるからみんなおいでよ」

そして、

「スタイリストの○○子も、カメラマンの○○ちゃんも呼んでるんだ。えーと、うちからは何人来るかな」

と言って、ひとり、ふたり、三人と数え始めたのであるが、私の目の前で私を抜いて、

「四人、五人……」

と指を動かしたのである。

あの時の悲しさとみじめさは、三十年たった今でもはっきりと憶えている。

その私が、今ではひっぱりだこだ。

「ハヤシさんがこなくては始まらない」

「ハヤシさんといっぺんでいいから、ご飯を食べたい」

と実に多くのオファーがある。もちろんすべてを受け容れているわけではないが、義理や友情やいろんなことがあり、とにかく私は忙しい。夜だって調整しな

ければ毎日夕食の予定が入る。

　夫は怒っていつも言う。

「どうして何でもかんでも引き受けるんだ。どうして誰にでもいい顔したいんだ」

　まあ、これは目の前で「ひとり、ふたり、三人」と自分を抜かされた記憶がある人でなければわかるまい。

　事実、私の記事が載った時、昔の仕事の先輩が私について、

「いつもついてきたがって嫌われていた」

と証言している。私はかなり遠慮し、自分からは決して行きたそうなそぶりを見せたことはなかったつもりなのに、みんなわかっていたのだ。そして私は嫌われていったんだ。

魅力的な女性

今の私はまあ、人に好かれている方だと思う。もちろん顔と名前をさらす仕事をしているために、私を嫌いという人はそれこそ何十万単位でいるに違いない。まわりで陰口を言う人もいるだろう。

が、私は年下の女友だちからこう言われたことがある。

「ハヤシさんに一度でも会えば、誰でもハヤシさんのことを好きになりますよね」

この言葉は私に自信を与えてくれたのである。

私は若い時の記憶、そして世の中に出てきてからのバッシングを踏まえて、こんな人生観を持つようになった。

「女としていちばん幸せなことは、男の人から愛されること、人間としていちばん幸せなことは人から必要とされること」

この「必要とされること」というのは、私における主要テーマである。だから仕事も頑張っているのだろう。

そしてこの頃、ようやくわかったことがある。

「人は何かをあげないと寄ってきてはくれない」

お金がある人はおごったり品物をプレゼントする。コネがある人はそれを使ってあげる。親切心があり余っている人はその心を。とにかく何かをしてあげないことには、人気、つまり人の気配は立たない。

が、何もしなくても人が寄ってくる人がいる。こういう人こそ、本当に魅力がある人ということであろうが、中年の女性であまり見たことがない。

私の知っている魅力ある女性というのは、仕事をバリバリやって、それで得た知恵とか処世術がとても面白い。

私は仲のいい女社長に尋ねたことがある。

「いったいどういう人を面接でとる？」

そうしたら即座に、

「明るくて気が強い人」

という返事が返ってきた。

「明るいのはもちろんだけど、気が強くない女なんか、今の世の中で何の役にも立たないからね」

これは彼女のことを言っているに違いない。そしてこうした話をスパッと言う彼女も、とても魅力的な女性だと私は思う。

私が嫌いな言葉に、

「子どもを産むと女は成長する。子どもから学ばせてもらってやっと一人前になるのだ」

というのがある。こんなことを言われたら私のまわりの女性の多くが一人前でない。そんなに子育てして立派になるなら、六人産んで育てたヤンキーはどうなんだ、とついいきりたってしまう私だ。

何を言いたいかと言うと、自分をひたすら愛してくれるいとおしいものを愛することで、人間が飛躍的に成長するわけではないというわけである。人間をうんと大きくしてくれるのはやはり仕事だ。

イヤな人とも会い、時には頭を下げなくてはならない。自分の主張を通しながらも、協調性を保つテクニックを身につける。大切な仕事先の人の機嫌をとっても卑屈にはならず、一目置《いちもく》かれる存在になる……。

こういう日常こそが、人間を変えていくと私は信じているのである。

私のまわりにいる働く女たちは、みんなそれぞれ魅力的である。我儘《わがまま》で自己主張が強い人も多いが、それをうわまわるパワーがあってやはり納得してしまう。

それでは、

「働いていない専業主婦は魅力がないのか」

と問われそうであるが、そんなことはないのが人間の面白さ。お金持ちの箱入り奥さんの中にも、実にユニークで面白い個性を持った人たちは存在するのである。

続・魅力的な女性

魅力的な女性について、さらに考えてみる。

話の面白い人のことを言うのだろうか。それも確かにある。話術というのは、魅力の大きな要素だからだ。この点、働いている女性というのは有利である。特にマスコミで働いている女性というのは、毎日刺激的なことをしているため話題にはことかかない。

私の親しい編集者にC子さんという人がいる。名編集者といってもいい人で、本業の他にコラムを書いたり、テレビのトーク番組に出たりしている。この彼女の会話が絶妙なのだ。もともと編集者というのは頭がいい。優秀な大学を出て、何百倍という入社試験をかいくぐってくる。何回かめの試験ではグループミーティングをさせ、どれだけ自分の意見、それもユニークな発言が出来るかを競わせるのだ。

中には、

「どうしてこの人が、難しい試験を通ったのだろう」

と首をかしげたくなるような人もいるが、まあそれは別の問題であろう。編集者は頭がよく、知識も深い。話が面白いのはあたり前であろう。特にC子さんは、多くの作家たちが絶賛する頭の回転の速さと質だ。

こちらがジョークをしかけると、それに輪をかけて、さらに機知にとんだ答えが返ってくる。一緒にいると本当に楽しい。男性にもモテる。三枚目のようで恋愛も多い女性だ。

しかし「話が面白くてよく喋るから魅力的」というのは、大きな要素であるが、それがすべてではない。

世の中には寡黙だけれども魅力的、という女性もちゃんと存在しているのである。ある有名人の夫人、D子さんはもう八十歳ぐらいだと思うが、当時としては非常に珍しい帰国子女である。フランス語、英語がネイティブなのであるが、積極的に話すタイプではなく、いつもおっとりと静かに笑っていらっしゃることが多い。が、私の友人は目に涙をため、

「電話であの方の声を聞いただけで安心して、心が温かくなるの。悩みを聞いて

もらうと、うん、うんとおっしゃるだけなのに心がすうーっとしてしまうのよ」と語ってくれたことがあるが、これはかなり上級クラスであろう。

「ただそこにいるだけで幸せな気分になってくる」ような女の人は滅多にいるものではない。もちろんC子さんも、超上級クラスに属する人だ。あれだけの話術を持つには、かなりのレベルの脳ミソが必要だ。

ふつうの女性としては、全く正反対のC子さんとD子さんの、真ん中あたりを狙えばいいのではないだろうか。

これは働いていようと、専業主婦であろうと言えることなのであるが、教養や知識のある人の話が面白くないはずはない。ごくたまには生まれたまんまのようで、全く何の知識もないながら、やたら人を惹きつける才能を持った人がいる。芸能人によくいるタイプであるが、これもレアケースとしてこの場合とり除《の》けておこう。

この頃びっくりするのは、新聞をとっていない人がとても多いことだ。私は別にむずかしい政治談議をふっかけるつもりはまるでないのであるが、世の中で起こっているごく一般的な話をする。すると、

「え、そんなことがあったの」

とびっくりされる。新聞も雑誌も、本も読んでいない人だ。世の中に対して興味を持っていない人は、他人にも興味を持たない。興味を持っているのは自分の家族だけだ。

こういう人の会話は、自慢話か愚痴に終止する。自分の身内の話は、他人にとって全く面白くない、という事実がわからない人に、私はパーティーのたびにおめにかかるようになった。

おしゃれな人

人はさまざまな経験を積み、自分の感情をコントロールするすべも、人の感情を読みとるすべも体得していく。人の一生というのは、人に好かれ、あるいは嫌われ、人間関係で失敗をした後、次第に個性というものを身につけていく旅ではなかろうか。

中年となった女たちは、旅の半ばを過ぎているのだから、もうはっきりとした個性を身につけていなくてはならない。この個性がくっきりしていて、しかも人の心をとらえるものだったら、それは「オーラがある」と呼ばれる。

私は十五年にわたって、週刊誌のホステスを務めているが、毎週多くの有名人と会う。そしてオーラを見つめてきた。芸能人の中でもスターと呼ばれる人たちは、確かにすごいオーラを発散しているのだ。

このオーラをはなつ人たちを魅力業界のトップにいる人たちだとすると、その次は「人目を惹かずにはいられない」レベルの人たちということになるだろう。

私は初対面から惹きつけられる人というのは、やはりおしゃれな人だと思っている。言いかえると、おしゃれではない人に魅力的な人などいないと思っている。

ファッション雑誌のコピーを見るまでもなく、おしゃれとはその人の生き方と深く結びついている。外見はその人そのものなのだ。

若い頃はこの意見に賛同出来なかった。

「どんな格好をしていたって、その人の中身とは関係ないじゃん」

何度もお話ししたと思うが、若い頃の私というのは、流行とかおしゃれにまるで興味のない女の子であった。着ているものといえば、いつもコールルテンのズボン（当時はパンツと言わなかった）か、エスカルゴのデニムスカート（懐かしい）にTシャツ、といった格好だ。大学を卒業しても就職出来ず、アルバイトで食いつないでいた頃はそれでよかった。しかしコピーライターとして、小さなプロダクションに勤め始めると、先輩から言われた。

「こういうクリエイティブな仕事をするのに、君のその格好はあまりにもひどいよ。雑誌でも読んで勉強しなさい」

と親切にも「アンアン」や「ノンノ」といった雑誌を渡してくれたものだ。しかし私は生意気盛りだったので相手にこう言ったものだ。

「私はどんな格好をしていたって、中身がちゃんと情報を持っていればいいと思っていますよ。外見と中身は違うんですから」

が、このトシになってみると、それが間違いだとはっきりわかる。中身は外見、外見は中身なのだ。

服装をおざなりにする人は、自分に興味がない人だ。流行をくだらないと考える人は、頑なな人だ。おばさんたちのグループが、端から見ていてどんよりした印象を与えるのは、みんな黒やグレイ、茶色を着て、ぼんやりとした長いスカートをはいているからだ。

そしてあえて偏見を覚悟で言わせてもらうと、私は苦手と思う女性がふたとおりある。

「この人とは絶対に友だちになれない」

と直感で思う服装とは、まずひとつはイッセイミヤケのプリーツプリーズを着ている人。うんと若くてスタイルのいい人が先鋭的に着こなしているならいいが、中年のおばさんが「便利で案外安いし」という理由で、プリーツプリーズを着ているのはどうしても好きになれない。

それともうひとつは、和服を洋服に直して着ている人。お年寄りではなく中年の女性が、得意そうに着ているのには耐えられない。どちらにも共通しているのは、ものすごくプライドが高く、自分は特別なおしゃれをしていると思っていること。どちらも魅力的な人から遠ざかっていくことを知らないのだろうか。

肌の基礎体力

あれほど大好きだったファッション誌を見ないようになった。

理由はわかっている。このところ体重が増えるばかりで、ダイエットをしても少しも減らない。そうなってくると、グラビアのコーディネートを見ても悲しいだけ。

「そう、そう、ベージュをこう合わせるのわかってんのよ」

そうなのであるが、なるほどベージュのスカートは全く入らなくなっている。

「なるほど、革ジャケはこういう風にフェミニンなインナーと合わせれば、大人でもかわいいよね」

しかし二年前に買ったドルガバの革ジャケはもはやキツキツになっている。

口惜しいことばかりなので、ファッションページをとばして、化粧ページを見ることにしよう。

さて、このところ肌の調子がものすごくいい。秋になるにつれ、肌はしっとりしてくるものであるが、今年は肌理《きめ》の細かさが違う。そう、この連載の取材をかねて、レーザー治療を四回したことは、もうお話ししたと思う。

そのうえあのアイドル並みの可愛い黒田ドクターから、

「仕上げにサーマクールをしてみたらどうですか」

というアドバイスをいただき、十年ぶりにやってみたところ以前のように痛くはない。

「二ヵ月後に、肌がいちばんいい状態になります」

という言葉は嘘ではなかったようだ。

そして中年向きの化粧のページを読んでいくと、コンシーラーの使い方が必ずといっていいほど出てくる。シミやシワをこれで隠そうというのだ。しかし残念なことに、コンシーラーを塗り、そのうえにファンデーションを重ねると、どうしても厚塗りになる。

外国（欧米のことであるが）の女性が、日本の女性を見て、違和感をおぼえることのひとつに、

「ものすごくファンデを厚く塗っている」

というのがある。これはアジアの女性に共通しているようで、中国でも韓国でも、みんなびっしりとファンデを使う。アメリカやヨーロッパの女性に会うと、ほとんどファンデーションを塗っていない人が大半だ。シミも堂々とさらしている。

私はかつてこの素肌主義に憧れ、白粉《おしろい》だけでとおしたことがある。この方がずっと肌にもいいのはわかっているから、かなり得意がって、

「皮膚科のドクターが言ってたけど、毎日ファンデ塗るのって、ペンキ塗って毎日シンナーで落とすようなものなんだって」

と吹聴していた。

が、ファンデを塗らない中年の顔が、そんなにハツラツとキレイだったかというとそういうことはない。写真を撮られるとよくわかる。みんなの中で、私だけくすんださえない顔をしているのだ。ちょうどオバさんがひとりだけ頑張って、ナマ脚にしているようなものだ。やはり大人の肌は、一枚ヴェールをかけてやらなければいけない、というのが私の結論だ。

といってもクリームタイプのファンデをこってりつける気にはならない。私は

今のところジバンシイの下地クリームだけを使っている。これはカバー力がすごく、つけるだけでリキッドファンデを使っているぐらいの効果がある。これに軽く白粉をはたけばＯＫ。

　これでも充分で、それどころか、人から、

「本当に肌がキレイ」

と言われるのは、もちろん日頃のマッサージやレーザー治療、サーマクールといろんなことをして、肌の基礎体力があるからだ。

　ボディだって同じ。贅肉のないスリムな体だと、Ｔシャツとデニムで充分にきまる。が、私はこちらの方の基礎体力は皆無。肌は頑張れるのに、どうしてこっちの方はまるきり出来ないのか。

〝エロい〟眉、〝普通の〟眉

女の顔の生命線といえるものに、眉がある。

今日ゆきつけの美容院へ行き、うとうとしていたら最後に、

「ちょっと失礼」

とハサミをあてられた。髪にではなく、眉をカットしてくれたのである。ちょっと恥ずかしかった。なぜなら若い時のボサボサと違う。中年を過ぎると眉毛は、横に流れない。力なく前へ垂れていくのである。そう、昔のあの総理大臣のように……。

このところサボって、眉をちゃんと点検しなかったので、親しい美容師の人が、見るに見かねてチョンチョンしてくれたのである。眉だけではない。年をとるというのは怖ろしいもので、鼻の下のうぶ毛も日いち日と濃くなっていく。しかも老眼で見えづらくなっていくという二重の恐怖。

よって二つ違いの秘書と、

「お互いに言い合おうね」

と誓い合っている。

まあ、いつものように話がそれてしまったが、美容ページの定番に、「綺麗な眉の描き方」という特集がある。しかし、

「過ぎたるは及ばざるがごとし」

という言葉がいちばんぴったりするのがこの眉ではなかろうか。技巧に走ると、フケてしまうのがこの眉なのだ。

時々地方へ行くと、いや東京の下町でも見かけるが、スナックのママさんで眉を全部剃り、茶色のペンシルでいっきに描いている女性がいるが、あれではいっきにおばさんになってしまううえに、かなり品が悪い。

しかしあれはあれで、ある種の男性には〝エロく〞映るのかもしれないと、この頃私は思うようになった。話がまたまたとぶが、最近この〝エロさ〞について深く考える事柄があった。それはある女優さんのことだ。美しくそこそこ人気もあり頭もいい。しかし何とはなしに二流感が漂っているのである。が、この女優さんを男性週刊誌は大好き。よく特集を組む。

「何で今さら、この人をこんなにグラビアで取り上げるんだろう」

と不思議に思っているうちに、私が出した結論は、

「そうか、二流感というのは、なんとも言えない〝エロさ〟があるんだ」

ということである。

ところで『負け犬の遠吠え』というベストセラーの作者、酒井順子さんはナチュラルストッキングをはく女に対して、

「ふつうということは〝エロい〟ということである」

と非常に鋭い指摘をしている。私たちがめざすのは、特殊な〝エロさ〟ではなく、ふつう感がかもし出す〝エロさ〟の方がはるかに無難であり、近づきやすいものであろう。

つまり何を言いたいかというと、「田舎のスナックのママ」風の眉ではなく、手に入れなくてはならないのは、普通で感じがよく、しかも若々しく見える眉なのである。

が、この点においても中年はかなり不利だ。年と共に眉もどんどん痩せていく。若い頃、私はブルック・シールズ並みの太く濃い眉をしていたが、当時の風

習からどんどん抜いてしまった。毛抜きで形を整えるためどんどん抜いた。また いくらでも生えてくると思っていたあの若き日の傲慢さ。眉毛はこの頃元気がない。生えてきたと思うと、前の方にどんどん垂れていく悲しさ……。

しかし過去の記憶や流行は、すべて忘れよう。特に眉の場合がそうだ。アートメイクもやめたい。若い人ならともかく、年をとってからは絶対にヘン。私は自分の手で、心を込めて毎日描く。今年の形で今年の色で。どんな顔も眉さえ描けば何とかなると信じて。

アイメイク今昔

今日浅丘ルリ子さんが出演するミュージカルを観に行った。

私がルリ子さんに面識をいただいたのは、今から七年前、伝記小説『ＲＵＲＩＫＯ』を書くためであった。

あの大女優に会うかと思うと、ものすごく緊張していた私であるが、素顔のルリ子さんはやさしく気さくで、が、同時に凛としたオーラをはなつ方であった。何よりも美しい。私がおめにかかった時は、既に六十代になっていらしたが、到底信じられないような美貌であった。あの独特のメイクは、二時間以上かけて自分でなさるという。ご存じのように太いアイラインをひき、それにつけ睫毛をする。これが浅丘さんのような美女がするとぴったりなのだ。浅丘さんというのは、日本でつけ睫毛を飛躍的に普及させた人だと思う。

最近の若い女の子の、アイメイクといったらすごい。ごくふつうに働く人でも、つけ睫毛をして濃いアイラインをひく。高校生のつけ睫毛には賛成しかねるが、とにかく若い人のパッチリアイメイクは、お人形さんのようでとても可愛い。

　私はかねがね、中年になってからのつけ睫毛およびエクステはやめようと、声を大にして言い続けてきた。ついこのあいだは美容記事を見ていたら、

「年をとって瞼が弛んだらアイプチを使おう」

　という記事があり、さっそく使ったことはお話ししたと思う。

　アイプチ……。なんと懐かしいアイテムであろうか。高校時代、思春期独特の顔ぼっちゃりの私は、瞼の上にも肉がのり眠そうな一重であった。私は家に帰ってから毎日アイプチを塗って二重にし、受験勉強をしながらコンパスの先で瞼を刺激し続けた。その結果半年で目を二重にしたという実績がある。

　ちなみに高校時代、さかさ睫毛を直すために目を手術した同級生がいたが、そのコのことは、

「二重にしたいばっかりに、整形手術をしたくせに」

　と皆でワルクチを言った憶えがある。あの懐かしいアイプチ。青春の大切な思い出だ。

そしてドラッグストアに行ったところ、ありました、アイプチ。それどころかさらに進化したものも出ていて、細い特殊なファイバーを曲げて瞼に貼りつけると、あら、目がパッチリしたではないか。

「見て、見てーッ」

と秘書に顔を向けたところ、

「ヘン、すごくヘン」

と笑われてしまった。確かに中年の女の顔にパッチリの二重はふさわしくない。それならせめてもとアイラインをひくのだが、これが年々太くなっていくのである。

アイラインの太さをどのへんでやめておくかというのは、非常にむずかしい問題である。太くなると目ははっきり大きくなるが、その分フケる。ケバいおばさんになる。ルリ子さんぐらいの美女でなければ、太いアイラインや、下睫毛のラインはやめた方がいい。それからリキッドのアイラインも。私は着物の時以外あれは使わない。なぜなら目を不思議なほどおばさんっぽくしてしまうからである。睫毛の生え際にそってペンシルで細く細く入れる。その分マスカラはたっぷりとつける。その前にはカーラーでうんとうんと強く上げる。最近電車の中で、手鏡でカーラーを使っている女の子が結構いるが、最初あれを見た時は心臓が止まるほどびっくりしたものだ。

カーラーは長いこと女の秘密兵器であった。ポーチにしまっておくのを忘れ、男の人に「何、これ？」とけげんそうに、いくぶん気味悪そうにつまみ上げられた時、本当に恥ずかしかった。お泊まりした日の朝、昔の思い出とアイメイクはいつも結びついている。

口紅のさじ加減

真赤な口紅がフケて見えるのは、誰でも知っている。

中年から老年と呼ばれる年になり、髪が真白になった時、それでも背筋がしゃんと伸びていたら真赤な口紅をつけたいものだ。しかしそこにいくまで、中途半端な年齢の時に真赤な口紅というのは、かなりのタブーである。私の友人で四十代後半の美人がいるのであるが、なぜかあまり身のまわりに構わない人で、いつもざっと赤い口紅をつけている。そのために損をしていて、かなりフケて見えるし、野暮ったく見える。知り合いのヘアメイクさんは、

「あの人のメイク、特に口紅、なんとかすればいいのに」

といつも言っているぐらい。

今の流行のメイクというのは、中年の場合口紅をベージュ系にすることが多いようだ。唇をあまり目立たせずアイメイクを強調する。私の場合、中年にいちばん相性のいいベージュピンクを塗っている。出来るだけ艶をつくるために、リッ

プクリームは欠かさない。グロスは品が悪くない程度に薄くつける。

そんな時、レストランでふと鏡に映った自分を見て愕然とした。フケてデブだったのは仕方ないとして、顔色の悪い、とても暗い感じのおばさんがそこにいたのである。あまりにも流行を意識し過ぎ、口紅をベージュ系にしたのがよくなかったのである。

家に帰り引き出しの中を探してみた。着物の時、私は肌はうんとマットに白くファンデーションを塗る。そして目にはリキッドのアイライン、口紅は赤という古典的メイクをする。いろいろやってみたが、着物にはいちばんこれが似合うのだ。そのために真赤な口紅を何本か持っているのであるが、いつものベージュにこの赤を混ぜてみた。するといっぺんに顔が明るくなったではないか。ためらうぐらい赤の分量を多くしたのがよかったのだ。確かにちょっと野暮ったくなる。洗練されたメイクではない。しかしそれが何だろう。私たちはモデルさんではない。流行のメイクでしかも若々しくというのが困難ならば、何かに妥協するしかないであろう。

それにしても年とってよかったことがいくつかある。それは唇が薄くなったことだ。

若い頃の私はぶ厚い唇を持っていて、よく「タラコ唇」と悪口を言われた。厚い唇は不美人の象徴でもあった。

ところがご存じのように時代は変わった。厚い唇はセクシーということで、ヒアルロン酸を入れる時代である。それどころか美容整形で唇を厚くする人だっている。実は私のまわりに、最近この手術をした人がいる。五十になってから、唇をぷっくりと厚く、目をきゅんと上げたのである。お金もかかっているだろうに、どうしてこんなわかりやすい整形にしたのか誰にもわからない。

「目と唇いじったでしょ」

と言える仲ならなにかアドバイスをしてもいいのであるが、それほど親しくはない。彼女の不自然に厚い唇につい目がいってしまって困る。

そしてこれほど厚い唇がもてはやされているというのに、反対に私の唇はどんどん薄くなっていくばかりだ。今ではふつう並みになっている（と思うが）。

であるからして、口紅を塗る時は、アウトラインをうんと大きめに描く。時々アウトラインは別の色のペンシルで描き、中を薄めの色の口紅で埋める女性がいる。妖艶な感じになるが、女優さんぐらいのレベルでないと、これもかなりフケるし、ちょっとコワイかも。

いずれにしても、口紅は消耗品なので、うんと試して買いたい。化粧品売場で人の使ったものに唇が触れるのはイヤだと長いこと思っていた私だが、この頃は口紅をカットして試させてくれるんですね。

不精ゆえに……

向田邦子さんのエッセイの中に、

「いま自分がおばさんになっていく、とわかる瞬間がある。」

という一節があった。背中を丸めて座っていることに気づいて、ハッとしたというのである。

この三ヵ月というもの、私は自分が確実におばさんになっていくのがわかる……。連載がぐっと増えて、あきらかにキャパシティを越えた。書いても書いても、締切りをこなせない、土日も仕事をしている。

小説を書くというのは、体力も消耗する。もともと出来がよくない頭をフル回転させるため「ガソリン補給」と称してチョコを口に入れる。以前テレビで、同時通訳の人たちが、二十分ごとに交替し、休憩に入ったとたん、板チョコをバリバリ食べている光景を見たことがある。私の場合もそれと同じ。とにかく甘味を口中に投げ入れ、ただちに栄養に替えるのだ。

そんなわけでどんどん太るわけ……などと言うと、

「だけど痩せてキレイな女性作家だっているじゃないの」

とツッコミがくるに違いないが、あの方たちとは体質が違うということで許していただきたい。

とにかく忙しくて忙しくて、エステやネイルもご無沙汰している。加圧トレーニングにも行く時間がない。といっても、夜の会食は数が減ったものの、絶対に行く。もはや手っとり早く、友だちと飲んだり食べたりするのが唯一の楽しみとなった。そんなわけでどんどん太る。

今までだったら毎朝必ずヘルスメーターにのり、一喜一憂していた。が、今はのらない。あまりにもデブになったので、驚いたり悲しんだりするのがつらいのだ。その結果、ますます太るという悪循環に陥ってしまった。

昨年の服が着られなくなり、おしゃれをする気がまるっきり起こらない。というより出来ない。

表参道の通りをタクシーで抜けていく時、私は不思議なせつない気分になる。一流ブランドのお店が中まで見える。そこには私が足繁く通っていたお店が何軒かある。コレクションに出たばかりのワンピースやジャケットを、喜々と着た時だってあったのに、もうこの店に行くことは二度とないかもしれない……。そして私は思う。

「ああ、こうやって人はおばさんになっていくのね……」

着るものも同じものばっかり。すると次第に不精になっていく。

このことは恥ずかしいのでヒトさまに言いたくないのであるが、その不精ゆえにいかに恥をかいたかという話である。

五日前とても寒い日があった。誰でも知っていることであるが、寒さは〝不精菌〟を繁殖させる。

その日私は三日間ぐらい同じ白い薄手のニットを着ていた。そしてそれだけでは冷えるので、上に厚手のタートルセーターを重ねた。

そしてそろそろ出かける時間が近づいてきた。本当なら上はすべて着替えて近くの美容院に行くところだったのだが、

「まーいいや。今日のパーティー、私を見る人もいないし」

ということで、上のセーターをずるずると脱ぎ、それにこの頃いつも着ている

ダブルのジャケットを羽織った。パーティーの最中、トイレに入って私は驚いた。いちばん下に黒い下着を着ていたことをすっかり忘れていたのだ。下着といってもババシャツである。それが丸見え。ああ恥ずかしい。が、こう感じるだけマシか。もうじき何も思わなくなりそうでコワイ。

やさしき人種、おばさん

五十を過ぎてわかったことがある。

それは、

「私って、本当におばさんキャラが似合う」

という事実である。

お節介で親切。好奇心いっぱい、噂好きでお喋り……。そう、若い時は何かと居心地が悪かったこのキャラが、外見がおばさんになるとぴったりしたのである。

たとえば私は、道に迷っているヒトがいるとこちらから声をかけてしまう。このあいだは地下鉄を降りたところでＪＲ東京駅の行き方を問われた。見ると外国人らしき人。

「それじゃ私と一緒に行きましょう」

道中尋ねずにはいられない。

「どちらの国の方？　まあ、インドネシア。日本語お上手ね。そお、留学してたことがあるの。でも嬉しいワー。震災後の日本に、観光で来てくれるなんて」

あれこれ喋りながら一緒に歩く。若い女性だったらこうはいくまい。

このあいだは電車に乗っていると、前に大学生らしきグループが立って、わりと大きな声で話していた。

「まずいよ……。これ急行じゃん、○○まで行くよ。渋谷行くのどうするんだよ」

「次の××で降りて△△線に乗り換えればいいんじゃない」

私はいてもたってもいられない。渋谷に行くなら、私の降りる駅からバスが出ているのだ。その方がはるかに早い。

駅に着き電車から出たら、彼らも迷い顔で降りてきた。私はつい声をかけてしまう。

「あのね、あなたたち、改札口出て左行くのよ。そこからバスが出てるから、渋谷まで十分よ」

「わかりましたァ」

と彼らは答えたが、そう嬉しそうでもなかった。しかしそのくらい何であろう。これからもずっとお節介を続けていくつもり。

多少迷惑がられようと、私はおばさんというやさしい人種が、この世の中を救っていると信じている。困っている人に手を差し伸べ、何かトラブルがあると、どうしたの、と解決に乗り出す。おばさんが存在しなかったら、この世はどれほどギスギスしたものになるであろうか。

私はこの連載エッセイで、

「おばさんにならないようにしよう」

という内容のことを繰り返し書いてきた。

しかしおばさんの精神性の中で、よいものは身につけるべきではないだろうか。

私には三十代、四十代はじめの女友だちが何人かいる。みんな充分に若くて美しい。しかし何かのきっかけで、突然みんなおばさんがる時がある。ひがんだふりをして、

「まあ、私たちおばさんは、こっちの方で仲よくしましょうよ」

と、一体感を持たせる場合である。こういう時、なんともいえずほのぼのとしたものが私をつつむ。

そうかあ、こういうグループに入っていればいいのか、という安心感である。つまり見た目はまだキレイで、充分にお手入れもしている。しかし自分たちのことを「おばさん」と呼ぶユーモアと諧謔性も、自己認識も持っている。私はこっちの方に入れてもらおうと決心するのである。

反対にあまりあちら側には入りたくないグループというのがある。毎朝ワイドショーを見ているが、事件があったり、何か特集をする時に、よく中年の女性が出てきてコメントする。私が思うにああいう方々が、いちばん年相応だと思っていい。

そこそこ手はかけているものの、まあ自分の老いに対して無関心である。あるいは無関心になろうとしている。彼女たちは決してフケてはいない。あれが一般の中年女性なのだと私はいつも心している。

おばさんマインド

私の友人に、外見はお金も手間もかけ、ファッションにも気を遣い、とても年齢には見えない女性がいる。しかし彼女は笑ってしまうぐらい中身が「おばさん」なのである。いや、カタカナの「オバチャン」かもしれない。

一緒に出かけた時、新幹線のホームのキヨスクへすたすた歩いて行った。そしてやおら女性週刊誌を取り上げると一心に読み出したのである。その場で。私も驚いて声が出なかったが、売店の人ももっとびっくりしたようだ。目を丸くしてしばらく見ていたが、やがて、

「お客さん、やめてください」

と怒って注意した。すると彼女は「あ、そう」と週刊誌を買うことはなく、平台に戻したのである。

「週刊誌ぐらい買いなさいよ」

と私が言ったところ、

「イヤよ。女性週刊誌を買って、新幹線の中で読むなんて、私のプライドが許さないのよ」

ということであった。

これはかなり前のことになるが、彼女から電話があり、映画を観に行かないかと誘われた。夫も一緒に来ないかということで、二人して待ち合わせの場所に出かけた。彼女は手に何かをひらひらさせている。

「これは特別優待カードで、これを見せると指定席の好きな場所に座れるのよ」

今はもうやっていないだろうが、当時ある映画会社で、予約をすると席をお取りしますというサービスがあった。ただし一般席で。

しかし彼女は譲らない。

「いいのよ。私たちのは特別のカードなんだから、ここに座れるの」

夫も私もおそるおそる白いカバーのついた椅子に腰をおろした。すると当然のことながら映画館の人がやってきた。

「お客さん、ここは指定席ですよ」

すると彼女はあたりを見渡し、平然と言ったのである。

「こんなに席空いてんだからいいじゃないの」

隣りに座っていた夫などいたたまれず、

「あ、払います、払います」

とあわてて三人分の指定席の超過料金を出した。そしてその後、しみじみと言ったものである。

「席空いてんだからいいじゃないの、っていうのは、まさしくおばさんの発想だよな。おばさんでなきゃ、あのセリフは言えないよな」

彼の中で「おばさん」というのは、全くネガティブな存在なのである。しかし私は前に言ったように「おばさん」という言葉の中に、温かみややさしさを感じてしまう。

コロコロ太ってお節介で、そしてうんと親切なおばさん。食べることが大好きでオッチョコチョイで、喋っていて楽しいおばさん。私はふと思う。私はもはやこちらの方に足を踏み入れているのではないだろうか。

おばさんたちは、楽し気に笑って私においでおいでをする。

「もう観念してこっちにいらっしゃいよ。いつまでも無駄な努力を続けたって仕方ないわよ。あなただって、人から見ればもうこちらの仲間なのよ」

いいえ、私はまだあちら側には行きたくない。私は必死で足を踏んばっている。

理想としては、おばさんマインドのいいところは持ちつつ、外見はおばさんとはほど遠い人。このために私はどれほど頑張ってきたであろうか。

前にも述べたように、ここのところあまりの忙しさに、ついネイルやダイエットもなまけてしまった。しかしこれでは本当にいけない。私は仕事の合い間に食べる甘いものを封印した。そしてエステに行く時間がないならと、自分の手でマッサージをした。そして体重計にものった。四日は落ち込んだが、とにかくのったのだ。

ダイエットの哲学

おばさんになりたくないという気持ちと、おばさんになればラクチンかも、という気持ちの間でいつも揺れ動く私。

雑誌を見れば、

「いつまでも女でいたい」とか「美魔女」という文字が躍っている。まあ、私はとてもここまではいけない。綺麗でいるための努力はそこそこしているつもりであるが、食べることが大好きな私は、いつもダイエットに挫折してしまうのである。

「どうせ、私なんか見てくれる人もいないし」

と、郷ひろみさんに言ったところ、あの美しい顔で真面目に、

「でもダブダブの体で、いちばんつらく悲しいのは自分でしょう」

と諭され、ガーンと頭を殴られたような気持ちになった。そう、本当にそうだ。今私がこんなにつらく悲しいのは、着たいと思う服がほとんど着られなくな

ったことである。ダイエットに成功していた頃は、ブランド店に入り、目で「これ」と思った好きなものを何でも試着することが出来た。しかし今は違う。なじみの店員さんから、

「ハヤシさんのサイズをとっときました」

という中から選ばなくてはならない。このつらさ、わかっていただけるでしょうか。

しかし私の友だちは言う。

「ハヤシさん、もう私たち後半の人生の方が短かくなっているんですよ。おいしいものを食べて、おいしいお酒を飲みましょうよ」

私はこういう誘いにすごく弱い。それでずるずると食べ始めてしまう。

しかし私の人生に画期的なことが起こった。友人の紹介で肥満専門のクリニックの門を叩き、みるみるうちに痩せていったのである。サプリメントと、食欲を抑える薬を服用したところ、なんと一ヵ月で五キロ痩せていくではないか。

しかし好事魔多し。ここのクリニックのことが週刊誌に出た。今でも真偽のほどはわからないのであるが、薬によって死人が出たとか出ないとかという騒ぎに

なったのだ。

この時、私の友人の三枝成彰さんは、

「どこの病院だって死人のひとりやふたりは出ているでしょう。僕はここの病院を信じていますので」

とあくまでもこのクリニックへの信頼を貫きとおした。その結果、今もスリムな体型を維持している。

つい最近会ったら、

「今日は測定日なんだ」

と言う。なんでも仲間が四人集って、前に計量した時よりも太っていたら、一キロにつき十万の罰金を払うそうである。あまりの大金なので、みんな痩せようと必死になるという。

「だから今日、サウナに行って汗を出してきたんだ。だけどあと一キロどうしても落ちないんだよ。どうしよう……」

ボクサーのようなことを言う。本当に口惜しそうだ。私がふざけて、

「もう下剤でも飲んだら」

と言ったところ、

「もちろん、後でやるつもり」

とバッグの中からごそごそ何かを取り出した。使い捨てのカンチョウであった。男性でこの根性は本当にすごい。三枝さんとは長いダイエット仲間であったが、もう完全に道が分かれたという感じである。

「三枝さん、あのクリニックで出している薬、体に本当にいいんでしょうか。強過ぎるっていうお医者さんもいますけど」

と言ったところ、

「僕はハヤシさんも使うべきだと思う」

ときっぱり。

「僕もハヤシさんも、生きたってせいぜいあと三十年だよ。だったらキレイにカッコよくいたいじゃないか。どうせ死ぬんだし」

ダイエットについて深い哲学を教えてくれるのは、いつも男友だちからである。女はただ願望のみ。

下着の費用対効果

お風呂上がりに、鏡で自分のハダカを見る。よく女たちでふざけて言う「ガマの油状態」である。あまりの無惨さにしばらく声も出ない。

お腹なんか肉がたっぷり盛り上がり、パンツの上にのっかっている。この体を好きになり、もっともっと頑張らなくてはいけないと思うには、いったいどうしたらいいであろうか。

もちろんいちばん効果的なのは、夫以外の男性に鑑賞させ、愛でてもらうことなのであるが、ああこれはイリュージョンの世界ととうに諦めている。

それならば考えられる方法は、素敵な下着を身につけることであろう。

このあいだ中年向けの女性誌を読んでいたら「そろそろ下着を嗜《たしな》むお年頃」というコピーがあった。中年になったからこそ、贅沢な下着を身につけようということらしい。

私は独身の頃こそ、パリやミラノなどで高価な下着を〝非常時用〟と買い求めていた。

しかし今はバーゲン品で大きめのショーツをはいている私。ブラだけはサイズもあって、外国製のいいものであるが、ショーツは丈夫ならばいいじゃないか、という考え方に落ち着いた。お腹まであるやつ。はいている時はそうでもないが、洗濯して干しているとかなり悲しい。夫にさえ見られたくなくて、タオルに隠すようにしている。

ついこのあいだ、夕方外出しようとしたら、夫が珍しく、

「夜になったら洗濯ものを中に入れてあげるよ」

などと言い出すではないか。とんでもないと断わる私。

「別にとり込まないよ。ラックごと部屋に入れるだけだよ」

ということだが、あんなショーツを、たとえ夫にさえ見られたくないと必死で断わった。

年下の女友だちと、ディズニーランドへ行った時、彼女はしゃがんで何かした。その時びっくりした。Tバックの上の方が見えたからである。彼女は子持ちである。三人の子どもがいる四十代はじめの女性が、Tバックというのが、私に

は驚きだったのだ。

「いやだ。おしゃれな人はパンツの時にはそうするわよ。ヒップラインにひびくのがイヤだから」

別の女友だちに言われたが、やはりフにおちないといおうか違和感がある。私が古いのであろうか。

Tバックは無理としても、この頃、下着はやはり高いものをと思うようになってきた。というのは、冬のはじめ「一年だけの防寒だから」と、スーパーやユニクロで、安い下着を買う。が、あまり着る機会はないまま一年がたつ。そしてひき出しを開けると、伸びた、といおうか、ビンボーったらしい防寒下着がだらしなく畳まれて出てくる。あのみじめさは何とも言えない。自分のボディを見ているような気がするからだ。

よって同じ防寒という実用的なものでも、この頃はおしゃれなレースのついたわりと高いものにしている。ショーツも通販は出来るだけやめ、デパートの高級品売場で買うようにしている。私の使っている通販のショーツは、値段がやや高いせいもあり、ものすごく長持ちする。洗っても洗っても丈夫。が、その丈夫さが、つい長持ちさせようという心になってしまう。

私が二十代の頃、仲よくしていた年上の女性は、アンティイクなクローゼットに、ショーツを色別にしまっていた。あの整頓され、そしてエロティックな引き出しを思い出す。しょっちゅう不倫していたあの美しい人妻。憧れた女性はいっぱいいたのに、どうして真似ようとはしなかったんだろう。

溜めないダイエット

昨年の暮れ、この何年かで最高の体重を記録してしまった。

もう自分で自分のカラダを持て余してしまうほど、洋服などほとんどが着られなくなった。そしてなんとかしなくてはならないと、必死の思いでダイエットを始めた。まあ、ここまではいつものことであるが、今回はテーマをつくった。

それは〝溜めない〟ということである。

実は私、ものゴコロついてからの便秘症だ。年季も入っている。一週間なんてザラ。十日ぐらいない時もある。そういう時は薬を使っていたのであるが、これが慢性的な便秘を引き起こしていたらしい。

ひと頃アロエを飲んでいたこともあったが、これは私の体質と合わず、ものを食べるやいなやすぐにお腹がゴロゴロしてきてしまう。ダイエット仲間から、当時大流行していた「スリム○○ン」というのを勧められたこともあるが、これは日に何度もトイレに直行することになった。

が、この一ヵ月というものもうサプリメントに頼らず食事で〝出す〟ことを心がけるようにしたのである。ヨーグルトとフルーツ、シリアルと牛乳をよく嚙んで食べ、その後散歩をする。そしてお腹が動き出すのを待つのだ。

同時に部屋の片づけも頑張っている。よくある話であるが、そのテの本を読んだのがきっかけだ。わが家は建って十三年となるが、ものすごく散らかっている。お手伝いさんもいるにはいるのだが、ここの〝片づけられない空気〟に染まってしまっているのも事実。そもそも家の人でないので、ものを捨てられない。散らかったものを、一ヵ所に集めるのがせいぜいだ。それを私がまた崩すという繰り返しなので、これではやる気が失せるのもあたり前であろう。

とにかく私は〝溜めない〟と心がけるようにした。昨年は本を約三百冊処分した。寄贈本が多いのでほとんどが作品だ。作家の場合、まさかブックオフに持っていくワケにもいかず、バザーと病院の図書館などに送ったのだ。

これで私の書斎の一角がかなり片づいた。とても気持ちよい。今度は引越し以来開けていないダンボール類にも挑戦しようと思っている。

ところでつい最近、沖縄に旅行した。その時個人のタクシーを一日観光に頼んだのであるが、運転手さんが四十代の女性であった。とても感じがよく、料金もリーズナブルであったので次の日もお願いした。そうして一緒に沖縄そばを食べるうち、彼女はプライベートなことを話すようになった。四人の子どもを連れて離婚し、今はシングルマザーとして頑張っているというのだ。

「あ、うちの○○さんと同じ」

思わずつぶやいていた。家政婦協会からやってきた○○さんは、このあいだまで関西のいいとこの奥さんだったようだ。しかし子ども二人と共に上京してきたのだ。便秘や片づけどころではない。人生を〝エイッ〟と変える人たちを私は本当にすごいと思う。出来そうで出来ることではない。

私にどうしてそれが出来ないのだろうかと考える時がある。そこまで切羽詰まっていない、という人もいるがそうでもないかも。

理由の第一番は、めんどうくさいのと時間がないということであろう。夫と大喧嘩をしてとことん話し合うよりも、

「はい、はい。私が悪うございました」

と下手に出るふりをしてことを大きくしない。もちろん頭にきて胸がむかむか

するが、仕事のさしさわりになる。上手に散らすことをこの二十年で身につけた。おいしいものを食べたり、友だちと遊んだりする。その結果、食べ過ぎで便秘にもなるわけだ。ストレスも溜まる。

こんな風にして中年も過ぎようとしている。しかしゆっくり後悔するヒマもない私の人生なのである。

ワーキングワイフの憂い

この連載エッセイもそろそろ終わりに近づいてきた。とりとめもないことをいろいろ書いてきたが、私が伝えたかったことはただひとつ。

「中年になってから、女はいかに幸せに生きていくか」

ということである。

バブルの頃、私は三十代前半であった。あの頃のことをよく憶えている。私は突然お金持ちになり有名になり、それこそ毎夜のように遊びあるいていた。イケイケドンドン、恋もいっぱい……と言いたいところであるが、悲しいことに私は急に世の中に出たストレスからものすごく太り出し、今よりも体重があった。

そんなわけでジュリアナで踊るとか、男の人をとっかえひっかえつき合う、といった派手な方向にはいかず、昔からの恋人と腐れ縁でつかず離れず、といったところ。毎晩出かけるのは、ディスコではなく食べ物とお酒であった。

この時青春というにはいささかトウがたっているが、とにかく一緒に泣き笑い、共に過ごした何人かの女友だちがいた。彼女たちは編集者、ファッションブランドのPR、翻訳家といった、いわゆるキャリアウーマンであった。

ある日その中の一人がマンションを買った。当時は女性でも銀行がどんどんローンを組んでくれたのだ。するとマンション購買熱があっという間に拡がり、何人もの女が自分の城を持ったのである。

「もういいわ。私、結婚しなくても。こうしてひとりで生きていくつもり」

みんな異口同音にそんなことを言っていたが、私は絶対に結婚するのだと心に決めていた。仕事はもちろん続ける。けれども夫と子どもを持ち、ちゃんとした家庭生活を営むのだと自分に誓い、人にも言っていた。

どうしてそんなことを強く願ったかというと、いつまでも自分は、三十代のままではないとわかっていたからだ。おそらく老いは加速度的にやって来るに違いない。その前にちゃんと手を打っておかなくては。私は結婚するはずだと考えていたからである。

今、独身のままの友人が何人も私に言う。

「私もあの時結婚しとけばよかったワ」

「あの時、子どもを産んどけばよかった」

それでは私が羨ましがられるほど幸福か、と言えばそんなこともない。

仕事はいくらやってもゴールが見えてこないマラソンのようなものだ。もっといける。もっといい走りが出来ると思っても、年のせいで息が切れてくる。そして後ろから若い人たちが団体でやってきて追い抜こうとする。それでも走らなければならないつらさというのは、おそらく本人でなければわからないであろう。

結婚生活はそう楽しいことばかりではない。子どもは思いどおりにならないし、夫はどんどんエバりわがままになっていく。働いている女ならわかると思うが、専業主婦よりもワーキングワイフの方がずっと下手に出て、夫に気を遣う。

私の知っている限り、

「稼ぎのいい女房は、夫に対してエバる」

ということはあり得ない。そういう風にとられないようにと、ことさら夫の言うことを聞き、夫婦喧嘩をしたいところをじっとこらえる。なぜならここでやり合うと明日の自分の仕事にさしさわるからだ。

こういうことに耐えられない女は、さっさと離婚しているから、私のまわりで残っている夫婦は、たいてい女の方がそれこそかなりの努力をして、結婚生活を続けているのである。

まあ、はっきり言うと、楽しい日々をおくっている中年の女というのは、浮気しなくてお金持ちの夫を持つ専業主婦だ。それも二番めに結婚した奥さんのほうがはるかに幸せの確率は高い。たいていの女は、それほど幸せかと聞かれれば「ふーん」と黙りこくるであろう。もちろん私もそのひとりである。

分相応の望み

が、ひとつだけ自分でよくやったと思うことは、私の人生で出来るだけ「タラ」を抜いておいたことだ。

「あの時、ああしていタラ」

「もしもああしてい夕ラ」

と将来思わないように生きてきたつもりである。若い時読んだ田辺聖子さんの小説に、こういう愚痴を口にする女友だちに対し、

「タラがいるのは海だけ！」

と一喝する小気味よい女が出てくる。

これは私の中で大切な人生訓となった。後悔はしていない、などと傲慢なことを言うつもりはないし、私の人生はまだ続いている。

けれども私は日頃この「タラ」をあまり口にしたことはない。思いつきでいろいろな冒険をしては失敗した。それは苦い記憶となるが、

「まあ、仕方ないか」

と宥《なだ》める知恵があるのも中年のいいところである。

私の理想とする中年以降の生き方としてはいつまでも若々しい顔と体を持ち、そしてたくさんのいい友人がいること。そして家族がいること。さらに一生を賭けるような仕事を持ち、それから幸福を得ることであるが、最後のひとつはかなりむずかしいかもしれない。私は偶然からその幸福を味わうことが出来た。最初は運だけだったかもしれないが、それを手放さないようにするためかなり努力した。それで怠け者でぐーたらの私が、仕事によってタフな精神と前向きの心を持つことが出来たのであるが、まあ、これはかなり特殊な例であろう。

私は仕事に対するひたむきさを、時には若々しい顔と体の方に向けたが、これはうまくいかなかった。なぜなら若いプロポーションや肌というのは、節制という厳しさを伴うものだったからである。

私は「美魔女」という人たちを雑誌で見るたび、感心すると同時に少々怖くなってくる。これだけの顔と体を手に入れるために、どれだけ努力が必要なのであろうか。おそらく膨大な時間とお金が遣われたに違いない。

何を言いたいかというと、人間分不相応のものを手に入れると、それを手放したくないと思うあまりものすごく苦しむはずだ。

四十代なのに三十代の顔と体を持ったとする。それはそもそも不自然なことである。それを維持するために、どれほどトレーニングを積み、どれほどエステにいかなくてはならないことであろうか。

しかし時間は流れる。人は必ず五十代になっていく。彼女の美貌は見た目四十代になっていくことであろう。が、本人は我慢できない。「三十代の顔と体」を最高のものだと思っているからだ。

若さや美に固執する人ほど、それが失われていく時のあせりや苦しみは大変なものがあるはずだ。だからといってそれを全面的に否定はしない。努力をするのは素晴らしいことだ。ただその努力は、年と共に少しずつ緩やかなものにしなければ、自分が苦しむだけであろう。若さに対する努力など、時間に勝てるはずがないのだから。

四十代は四十代に見えていい。それが当然だ。ただ四十代の中でも、とりわけ若く綺麗な四十代になりたい。五十代の年で、素敵な五十代の女性と思われたい。私の望みはそういうところにある。

何度でも言うが、私は少しでも若くキレイになりたいと頑張っている女性が好き。私も頑張りが続かない時があるが、諦めてはいない。しかしとてつもない若さや、人が驚くようなスタイルを手に入れたいと思わないし、かなうこともないだろう。

分不相応のことにやっきになっている女性は、決して幸せそうにみえない。しがみついているものは必ず失う。そのことを私は知っているからだ。

痩せるよろこび

年齢的に更年期を迎え、体の不調はこれといってないのであるが、むくむくと悪夢のように太り出した。

自分ではそう食べているつもりはない。夜の炭水化物を抜いたりして、かなり気をつけていた。が、何をしても痩せない。その替わりちょっと食べると、次の日は一キロぐらい増えている。

私には二つの道が残されていた。ひとつはラクチンなあちら側の世界に行くこと。私ぐらいの年齢だったら、太ったおばさんはいくらでもいる。もう完璧に中年体型になってもいい。デパートへ行けば、そういうL版の服も売っていることであろう。ニコニコと明るいキャラクターのおばさんになったって、もういいかも。もうトシだし、いろいろやるの疲れちゃった！

しかし今の世の中、デブになるというのは本当に悲しい。おしゃれをしたくても着るものがまるっきりなくなるのだ。そして頭の中でいろいろコーディネートしても、それを実行出来ないつらさといったらない。トレンチコートにストレートデニムを合わせて、ついでにサングラスをしてキメよう、と、頭の中で考えたとする。が、デニムのファスナーは上がらなくなっているし、トレンチのベルトは締まらない。とにかく洋服を着る体型ではなくなっているのだ。もうファッション雑誌も見る気が起こらなくなってくる。

それより何より、自分がだんだんキライになっていくのが本当にツライ。

よくデパートのエスカレーターに乗ると、横の壁が鏡になっている。私はそのたび姿勢をチェックしたり、横顔のラインを確かめたりしている。が、このところとても見られなくなった。エスカレーターで上がっていくのは、二重あごのだぶだぶしたおばさんではないか。目をそらし、私は心の中でつぶやく。

「どうしよう……どんどんひどいことになってるよ。誰か助けて……」

そう、

「ダイエットは自分への尊厳を保つのよ」

と言ったのはマドンナであったろうか。

そう、おしゃれや健康のためではない。私は私の尊厳のために痩せなくてはいけないのだ。

と、意気込みはいいのであるが、もはや自力では痩せなくなっている私。二年ぶりに肥満専門クリニックを訪ねた。ここでは血液検査をして、徹底的に何が原因かつきとめてくれるのである。

そして二週間後、検査結果を聞きに行った。案の定私は女性ホルモンがめっきり減っていたうえに、鉄分が全く不足していた。甲状腺の機能がよくないこともわかる。代謝がものすごく悪くなっていたのである。

サプリと漢方を出してもらい、医師に言われた。

「ハヤシさん、これから徹底的に炭水化物を抜いてくださいよ。それぐらいやらなきゃダメですよ」

ということで、人生何十回めかのつらいダイエット生活に突入したのである。パンやご飯を我慢することは本当につらい。しかしそのかわり、精神的にはずっとラクになっていっている。なぜならばサプリの効果もあり、じわじわと体重が減っていったからだ。

ピチピチだったジャケットの前がきちんと閉まるようになり、スカートのチャックもちゃんと上までいく。服のシルエットが、ちゃんと本来のフォームになっていくよろこび。そうなると高い服の効果がずっとあらわれてくる。

三週間で四キロ減った。来月の末までにはあと六キロ落としたい。年をとってから急激に痩せるとシワが出てくるので、毎日マッサージをしている。痩せて太ももの肉がゆるんでき始めたので、通販で買ったレッグプレスを使い、毎日エクササイズをする。すべていい方向にまわり始めてきたのだ。

初めての中年

私が十代〜二十歳そこそこだった時、四十代〜五十代の女などもう人生がないと思っていた。子どもも育て上げ、後は余生があるだけ。幸せも未来もなんにもないと考えていた。まあ、そんな時代だったともいえる。

そして、

「絶対に中年なんかになりたくないもん。ならないもん」

と心に決めたのであるが、そんなことをしたって歳月は止まってくれない。女は誰しも中年になっていくのである。

あれはもう二十数年前になるであろうか、あるファッション雑誌で、「私たちの着たい服」と銘打って、グラビア二ページカラーの企画があった。それを見て「ひえーっ」と叫んだ私。知っている人がいっぱい出てきていたからだ。スタイリスト、ヘアメイク、編集者、ブランドPRといったいわゆるトガった女性たちである。モデルや女優さんと違うから、みんなそうスタイルがよかったり、キレイだったりしているわけではない。しかもみんながコム・デ・ギャルソンやワイズを着ているので、正直言って痛々しい雰囲気があった。みんなおしゃれには定評がある人ばかりであったのが、こうしてみんながアヴァンギャルドな服を着ていると、どうしても違和感がある。

「あの写真ヘン。服も素敵じゃなかったよ」と男友だちに言ったところ、彼がとても深いことを言った。

「仕方ないよ。ファッションリーダーとか言われてたあの人たちにとって、初めての中年なんだよ。初めてだから、みんな誰もどんな服を着ていいかわからない。つい若い時と同じコム・デを着て、若い時と同じように、ほとんどスッピンメイクをしてしまう。だからちょっとアレって思うんじゃないのかな」

二十数年前だから〝イタい〟という言葉はなかったが、まあ確かにあのグラビアはそうであった。

あれから時がたった。そしておしゃれな女性たちが、次々と中年になり、初めての時を迎え、そして道を開いていってくれた。

五十を過ぎても驚異的に美しい女優さんが出てきたり、中年のファッション雑誌も刊行されている。中年の女にとってとてもいい時代がやってきた。しかしその分、課せられるものは多くなっている。早々とおばさんとして居直ることが許されなくなってきているのだ。しかし、五十過ぎても努力する人生はつらい、と思う人がいても構わない。いろんなものから降りればいいだけである。

降りたくない人は、一生懸命にやるだけだ。

初めての中年。「なるほどこうくるか」と思うことがいっぱい出てくる。ある日老眼が始まり、シワタルミが出来、背中が丸くなり全体的におばさん体型になっていく。あれーっと思うし、イヤダ、と悲しくなる、が、仕方ない。誰だってトシをとる。

バブルを知り、海外ブランドもたっぷり味わい、旅行や恋愛も知り尽くしてきた私たち世代も、ついに中年の時を迎えた。我ながらびっくりする。が、これだけ蓄積がある私たちだから、この初めての時を楽しめるのではなかろうか。先輩たちが道を切り開いてくれたように、私たちもこの未知の世界に何かを築きたいものだと思う。そして次の世代の人たちに、

「中年になるのもいいかも」

と言わせたい。私はちょっと自信がある。ホント。

巻末特別対談

京都美人道

林さん　真生ちゃんに初めて会ったのは四年くらい前かしら。その頃は健康的で可愛い女の子って感じだったけど、どんどん美女になっていったわよね。きれいな人って東京のＯＬさんにもいるじゃない？　だけど、京都の場合、修業してお金もかかってるから、女性としての価値が一千倍くらい上がる感じがする。

真生ちゃんから見てまわりの芸妓さんはどう？

真生さん　もともと本人さんがきれいというのもあると思うんですけど、十五歳からずっと修業して、舞妓さんから芸妓さんになっていくにつれて、毎日見られるとか、人前に出るっていうので、ちょっとでもきれいになるように努力するからいうのはあるかもしれませんね。何百年という歴史のある祇園の街で、勉強して身につけていくんですね。叩きこまれるというほうが正しいかもしれませんけど（笑）。

林さん　十五歳でデビューした子が、本当に一年で別人のように美しくなる。コロッと、もう全然変わる。芸事で磨かれるというのもあると思うけれど、毎日、毎晩、いろんなお座敷でいろんな話をして、自然にきれいになっていくのかしら。きれいな女の子はたくさんいるけれど、何が違うってたとえばこのなじ。本当にきれい。

真生さん　昔からよく言われるのは「手鏡が汚い人は部屋も汚い」と。髪の毛が一本落ちているだけで、だらしない人やなって思われるし、根がだらしなくても、襟をぴしっと合わせて髪をきれいに上げているだけできちっと見える、とは教えられます。舞妓さんは地毛で髪を結うので、だいたい一週間くらいもたせるんですけど、いくら高枕で寝ても、一週間も経ったら崩れてきますやん、寝相が悪い子もいるし。でも、一所懸命、梳《す》くんですね。椿油とかつこうて。顔が多少ぶさいくでも、髪の毛きれいにしてたら、きれいに見えるとは言われてます（笑）。舞妓さんも慣れてくると、寝返り打つのも自然に枕持って打つくらいで（笑）。

林さん　寝てるときも舞妓さんなのね。自分で気をつけていることはあるのかしら、肌のお手入れとか。

真生さん　わたし、みんなに聞いてまわったんですよ。芸妓さんて、たとえばエステとか行ってるんやろかと。でも、普通にしてる人が多いんです。肌がきれいになるのは、なんなんどすやろねー。水がいいというのは、みなさんよう言わはりますけど。出張のときとか、東京や海外に行って、向こうで白塗りするときは京都のお水を少し持っていきますね。白粉《おしろい》を溶くのに、東京のホテルの水で溶こうとすると、つきが悪いんですね。あとは冷たい水で顔を洗ったほうがいいと言われます。まあ、お湯を使わしてもらえへんかったりいうのもありますけど（笑）。冬は特に寒いんですけど、お湯がもったいないとか、舞妓さんの間は、お風呂以外はあかんとか。ずっとお水です。

林さん　ファンデーションは何を使ってるの？

真生さん　普通にランコムで、ランコムのファンデーションが好きなんです。パウダーはいろいろ試したり、いただいたり、あと、これいいよってすすめられたりしましたけれど、いまはこれです。

林さん　睫毛も本当に長くてきれいよね。

真生さん　これは、ヘレナのマスカラにお礼を……（笑）。都をどりの最中って楽屋で暇やから、みんなで雑誌を読んだり、これがいいとか、いろいろ試したりしてるんです。髙島屋さんの外商さんがずっと楽屋にいるんで「これ持ってきて！」とか。

林さん　楽しそうねー。

真生さん　このマスカラも「よろしおす」って後輩が教えてくれて。ほんまによろしおすね。

林さん　毎晩ごはんを食べに行って、体型維持も大変じゃないかなって思うんだけれど。

真生さん　仲良しのお客さんとたまに、ごはん行こかっていうのが「ごはん食べ」なんですけど、「ごはん食べ」って実は月に何回かですね。宴会がメインなので。普段は家でごはん食べて、お座敷行ってお酌だけってことが多いんです。だからお腹がすいてしまって、舞妓時代は、一時が門限なんですけど、帰ったら毎晩何か食べてました。おうどんとか、ラーメンとかサンドイッチとか。

林さん　むしろ身体に悪そう（笑）。

真生さん　そうなんどす。舞妓さんははじめのうちは疲れ果てて、白粉落とさないで寝ることもあるし……。あ、芸妓さんはお昼寝好きですね。十分でも時間があったら横になる。車に乗っても電車に乗ってもすぐ寝る。どこでも寝られます（笑）。

林さん　クレンジングは何を使ってるの？

真生さん　オイルです。下地がびんつけ油で、その上から白粉を塗るんですけど、ベビーオイルとかで落としてます。クレンジングのクリームとかだとなかなか落ちないんです。だから汗でも落ちひんのですけど、水には強くて油で落ちるんです。びんつけ油も肌にいいといわはりますけどね。

林さん　あと舞妓さん、芸妓さんて顔をそるでしょ。どこでそってるの？

真生さん　床屋さんですね。祇園町の床屋さんは、顔そりもしてくれはるし、襟足もそってくれはります。

林さん　日常的にそってもらうの？

真生さん　一ヵ月に一回くらい行きますね。白粉のノリがあれ？と思ったら行きます。でも、普通のファンデーションを塗るときも、そっているとつきが全然違いますよ。

林さん　私もたまにT字カミソリでやっちゃうんだけど、やっぱりプロにやってもらわなきゃダメなんだろうな。見せるって意識は大事なのね。普通の子で、うなじまで気を遣ってたらすごいけれど。

真生さん　八十歳くらいで現役のお姉さんがいはるんですけど、みなさんほんまにきれいで、すっぴんがきれいやし、普通に歩いてはっても違う。

林さん　整形の人はいない？

真生さん　いないですね、聞いたことがないです。うちが知らんだけかもしれないですけど。でも、舞台の照明が古いので、すごく老けて見えるんですって。口に含み綿をしても老けて見えるから、ちょっと注射してもらおうかな、みたいな話は冗談でよう楽屋でしてはりました。

林さん　置屋さんにいるときはどんな食事が出るの？

真生さん　普通の家のごはんですね。普通の家庭料理です。栄養のバランスを考えて脂っこいものは少なかったりしますけど、たまーに特別で、エビフライとか作ってくれたり。置屋さんが出してくれるのは晩御飯だけで、お昼は前の日のおかずをちょっとだけ残しておいて、お稽古から帰ってきて食べたり、二〜三年目になると、同期と帰りにお昼を食べに行ったりとか。朝昼兼用ですね、夜が遅いので、ギリギリまで寝てます。

林さん　野菜中心の食事っていうわけでもないのね。

真生さん　芸妓さんはみんな、がっつり食べますね。

林さん　おばんざいとか？

真生さん　おばんざいももちろん。大先輩のお姉さん方も、お肉とかしっかり食べはります。みなさんお元気で。

林さん　祇園で人気の女の人ってどんな感じ？　真生ちゃんは大柄で健康的で可愛い感じだけど。

真生さん　昔のきれいに残ってる写真を見ると、小柄で首が細くてなで肩で、っていう人が美人の傾向みたいですね。昔から大きい人もいはったらしいんですけど。

林さん　真生ちゃんには憧れの先輩っているの？　目標にしている人とか。

真生さん　もちろん！　このお姉さんひとりというよりも、いろんなお姉さんがいはるので、舞はこのお姉さんの舞が好きやな、とか、お座敷はこのお姉さんで、着物の着こなしはあのお姉さんのセンス好きやなとか……。

林さん　素敵な人たちがいっぱいいるから、目が肥えるわよね。きれいになるためには美人の先輩を持つことが大事かもしれない。

真生さん　そうですね、ずうっと観察しています。でも、芸妓さんってみんな男っぽいんですよ。サバサバした性格じゃないと勤まらないところもあるので。でも、なんで女性っぽく見えるのか、というところを観察してるんです。性格とかあんなにサバサバしてて、言いたいこと言ってはるのに、なんで？って。

林さん　やっぱり所作が美しいのもあるかしら。

真生さん　そうどすね。置屋さんのおかあさんに「もともと品がない人に品よくしなさいっていうても無理やから、どう言うと思う？」って聞かれて、「なんどすやろ」って答えたら、「物を大事にしなさい」と言うと。グラスを持つのも「このグラスを大事にしよう」と思ったら手を添えるし、置くときもドン、とは置かなくなる。着物も、雨の日に大股で歩いたら泥がはねるけど「着物を汚さんとこ、草履も長く使いたい」って思ったら自然と内股にもなる、と。

林さん　暖簾《のれん》をくぐるときも、髪に当たらないようにちょっと手でよける仕草は色っぽいもんね。

真生さん　暖簾を大事に、と思うと、おのずとこう自分の手をつかうようになるのはありますね。

林さん　本当にそう。その話は、ときどき思い出そう。女の子は器量さえよければ、祇園に出したほうがよっぽどいいかもしれないわね。中途半端な女子大なんかに入れるより。真生ちゃんはどうやって舞妓になったの？

真生さん　うちは京都に親戚がいて、そこからの紹介なんですけど、人によってお客さんのつてで来はる人もいるし、祇園の組合事務所に舞妓さんになりたいってくる人もいるし。試験っていうのはないんですけど、一年に一人か二人しかとらないので、置屋のおかあさんが実際に会ってしゃべって、決めはりますね。それでわたしたちみんなで、「おかあさん、あの娘大丈夫どすか」とか言いますねん（笑）。でもおかあさんは「あの娘はな、ちょっと頑張ったらきれいになるえ」って。外見も性格もちょっと暗い感じの娘やったんですけど、それが一年で、今なんてだまっといてって言ってもしゃべるくらい、大人気でモテモテで。そんなに人って変わるんどすね、っていうくらい。

林さん　祇園マジック！　おかあさんの先見の明もすごい。芸妓さんの世界って競い合いみたいなのはあるの？

真生さん　いい意味での切磋琢磨はありますけど、芸妓さんの不思議なのは、蹴落としあいみたいなのはまったくないんです。逆に、周りのライバルを蹴落として……みたいな人は、消えていきます。やめていかれますね。

林さん　祇園ひとつで家族ってよくいわれるわよね。

真生さん　はい。お父さんお母さんがいて、姉妹のような。人を蹴落としてでも、っていう気持ちの人はだんだん周りに人がいなくなっていくんです。

林さん　なるほど。

真生さん　置屋さんでは団体生活で、先輩後輩はあるけれどみんな同世代なので、女子高みたいな雰囲気なんです。でも、初めて来たときおかあさんに「あんた、あのカラス何色や？」って言われて「黒です」って言ったら、「あんな、お姉さんがあのカラス指さして白いな、言うたら、ええ、そうどす、いわなあかんねん」と。雨降ってる日に「今日ええ天気やな」言われたら、「そうどすね」って。どんな怖い世界にきたんやろって思うたんですけど、厳しいなかにも同じ釜の飯を食べているというような温かみがあるんです。自分に後輩ができたら、わかるんですよ。お姉さんはこういう気持ちでいってくれはったんやなって。自分がいちばん下のときは、口うるさく言われて、と思うんですけど、今思うとありがたいことやったな、って。

林さん　そうやって成長していくのね。東京でもどこでも女の世界で成功する人って頭がいいと思うけれど、真生ちゃんみたいに器量よしで頭もよければ、いろんな道が開けていくのね。今日は祇園の女性の美しさの秘密を教えてくれて、本当にありがとう。また近いうちに京都に行きますね。

本書は、二〇一二年七月に小社より刊行された『中年心得帳』
を改題して文庫化したものです。

|著者| 林 真理子　1954年山梨県生まれ。日本大学芸術学部卒業。'82年エッセイ集『ルンルンを買っておうちに帰ろう』が大ベストセラーに。'86年『最終便に間に合えば／京都まで』で第94回直木賞を受賞。'95年『白蓮れんれん』で第８回柴田錬三郎賞、'98年『みんなの秘密』で第32回吉川英治文学賞、『アスクレピオスの愛人』で第20回島清恋愛文学賞を受賞。2018年、紫綬褒章を受章。'20年、第68回菊池寛賞を受賞。小説のみならず、週刊文春やan・anの長期連載エッセイでも変わらぬ人気を誇っている。

野心《やしん》と美貌《びぼう》　中年心得帳《ちゅうねんこころえちょう》

林《はやし》 真理子《まりこ》

2014年４月15日第１刷発行
2023年６月28日第19刷発行

発行者──鈴木章一
発行所──株式会社　講談社
東京都文京区音羽2-12-21　〒112-8001
電話　出版（03）5395-3510
販売（03）5395-5817
業務（03）5395-3615

Printed in Japan

講談社文庫
定価はカバーに
表示してあります

KODANSHA

デザイン─菊地信義
本文データ制作─講談社デジタル製作
印刷────株式会社KPSプロダクツ
製本────株式会社国宝社

ISBN978-4-06-277808-4

講談社文庫刊行の辞

二十一世紀の到来を目睫に望みながら、われわれはいま、人類史上かつて例を見ない巨大な転換期をむかえようとしている。

世界も、日本も、激動の予兆に対する期待とおののきを内に蔵して、未知の時代に歩み入ろうとしている。このときにあたり、創業の人野間清治の「ナショナル・エデュケイター」への志を現代に甦らせようと意図して、われわれはここに古今の文芸作品はいうまでもなく、ひろく人文・社会・自然の諸科学から東西の名著を網羅する、新しい綜合文庫の発刊を決意した。

激動の転換期はまた断絶の時代である。われわれは戦後二十五年間の出版文化のありかたへの深い反省をこめて、この断絶の時代にあえて人間的な持続を求めようとする。いたずらに浮薄な商業主義のあだ花を追い求めることなく、長期にわたって良書に生命をあたえようとつとめるところにしか、今後の出版文化の真の繁栄はあり得ないと信じるからである。

同時にわれわれはこの綜合文庫の刊行を通じて、人文・社会・自然の諸科学が、結局人間の学にほかならないことを立証しようと願っている。かつて知識とは、「汝自身を知る」ことにつきていた。現代社会の瑣末な情報の氾濫のなかから、力強い知識の源泉を掘り起し、技術文明のただなかに、生きた人間の姿を復活させること。それこそわれわれの切なる希求である。

われわれは権威に盲従せず、俗流に媚びることなく、渾然一体となって日本の「草の根」をかたちづくる若く新しい世代の人々に、心をこめてこの新しい綜合文庫をおくり届けたい。それは知識の泉であるとともに感受性のふるさとであり、もっとも有機的に組織され、社会に開かれた万人のための大学をめざしている。大方の支援と協力を衷心より切望してやまない。

一九七一年七月

野間省一

講談社文庫　目録

講談社文庫　目録

古野まほろ　陰陽少女〈妖刀《ようとう》村正《むらまさ》殺人事件〉
古野まほろ　禁じられたジュリエット
藤崎　翔　時間を止めてみたんだが
藤井邦夫　大江戸閻魔帳《えんまちょう》
藤井邦夫　三つの顔〈大江戸閻魔帳㈡〉
藤井邦夫　渡世人〈大江戸閻魔帳㈢〉
藤井邦夫　笑う女〈大江戸閻魔帳㈣〉
藤井邦夫　罰《ばち》当《あた》り〈大江戸閻魔帳㈤〉
藤井邦夫　福の神〈大江戸閻魔帳㈥〉
藤井邦夫　野暮天〈大江戸閻魔帳㈦〉
福澤徹三　糸柳《しやな》寿昭《としあき》　忌《い》み地〈怪談社奇聞録〉
福澤徹三　糸柳寿昭　忌み地　弐〈怪談社奇聞録〉
福澤徹三　糸柳寿昭　忌み地　惨〈怪談社奇聞録〉
福澤徹三　作家ごはん
藤井太洋　ハロー・ワールド
藤野嘉子　生き方がラクになる　60歳からは「小さくする」暮らし
富良野　馨《かおる》　この季節が嘘だとしても
辺見　庸　抵抗論
星　新一　エヌ氏の遊園地

星　新一編　ショートショートの広場①〜⑨
本田靖春　不当逮捕
保阪正康　昭和史　七つの謎
堀江敏幸　熊の敷石
本格ミステリ作家クラブ編　ベスト本格ミステリ　TOP5〈短編傑作選002〉
本格ミステリ作家クラブ編　ベスト本格ミステリ　TOP5〈短編傑作選003〉
本格ミステリ作家クラブ編　ベスト本格ミステリ　TOP5〈短編傑作選004〉
本格ミステリ作家クラブ選・編　本格王2019
本格ミステリ作家クラブ選・編　本格王2020
本格ミステリ作家クラブ選・編　本格王2021
本格ミステリ作家クラブ選・編　本格王2022
本多孝好　君の隣に
本多孝好　チェーン・ポイズン〈新装版〉
穂村　弘　整形前夜
穂村　弘　ぼくの短歌ノート
穂村　弘　野良猫を尊敬した日
堀川アサコ　幻想郵便局
堀川アサコ　幻想映画館
堀川アサコ　幻想日記店

堀川アサコ　幻想探偵社
堀川アサコ　幻想温泉郷
堀川アサコ　幻想短編集
堀川アサコ　幻想寝台車
堀川アサコ　幻想蒸気船
堀川アサコ　幻想商店街
堀川アサコ　幻想遊園地
堀川アサコ　魔法使ひ
堀川アサコ　メゲるときも、すこやかなるときも
本城雅人　境界〈横浜中華街・潜伏捜査〉
本城雅人　スカウト・デイズ
本城雅人　スカウト・バトル
本城雅人　嗤うエース
本城雅人　贅沢のススメ
本城雅人　誉れ高き勇敢なブルーよ
本城雅人　シューメーカーの足音
本城雅人　ミッドナイト・ジャーナル
本城雅人　紙の城
本城雅人　監督の問題

講談社文庫　目録

真山　仁　新装版 ハゲタカII (上)(下)
真山　仁　レッドゾーン (上)(下)
真山　仁　グリード〈ハゲタカIV〉(上)(下)
真山　仁　ハーディ〈ハゲタカ2・5〉(上)(下)
真山　仁　スパイラル〈ハゲタカ4・5〉
真山　仁　シンドローム (上)(下)〈ハゲタカ5〉
真山　仁　そして、星の輝く夜がくる
真梨幸子　孤《こ》虫《ちゅう》症《しょう》
真梨幸子　深く深く、砂に埋めて
真梨幸子　女ともだち
真梨幸子　えんじ色心中
真梨幸子　カンタベリー・テイルズ
真梨幸子　イヤミス短篇集
真梨幸子　人生相談。
真梨幸子　私が失敗した理由は
真梨幸子　三匹の子豚
松本裕士　兄弟〈追憶のhide〉
円居　挽　原作 福本伸行　カイジ ファイナルゲーム 小説版
松岡圭祐　探偵の探偵

松岡圭祐　探偵の探偵II
松岡圭祐　探偵の探偵III
松岡圭祐　探偵の探偵IV
松岡圭祐　水鏡推理
松岡圭祐　水鏡推理II〈インパクトファクター〉
松岡圭祐　水鏡推理III〈パレイドリア・フェイス〉
松岡圭祐　水鏡推理IV〈アノマリー〉
松岡圭祐　水鏡推理V〈ニュークリアフュージョン〉
松岡圭祐　水鏡推理VI〈クロノスタシス〉
松岡圭祐　探偵の鑑定I
松岡圭祐　探偵の鑑定II
松岡圭祐　万能鑑定士Qの最終巻〈ムンクの〈叫び〉〉
松岡圭祐　黄砂の籠城 (上)(下)
松岡圭祐　シャーロック・ホームズ対伊藤博文
松岡圭祐　八月十五日に吹く風
松岡圭祐　生きている理由
松岡圭祐　黄砂の進撃
松岡圭祐　瑕《か》疵《し》借り
松原　始　カラスの教科書

益田ミリ　五年前の忘れ物
益田ミリ　お茶の時間
マキタスポーツ　一億総ツッコミ時代〈決定版〉
丸山ゴンザレス　ダークツーリスト〈世界の混沌《カオス》を歩く〉
松田賢弥　したたか 総理大臣・菅義偉の野望と人生
真下みこと　#柚莉《ゆり》愛《あ》とかくれんぼ
松野大介　インフォデミック〈コロナ情報氾濫〉
三島由紀夫 TBSヴィンテージクラシックス 編　告白 三島由紀夫未公開インタビュー
三浦綾子　ひつじが丘
三浦綾子　岩に立つ
三浦綾子　あのポプラの上が空〈新装版〉
三浦明博　滅びのモノクローム
三浦明博　五郎丸の生涯
宮尾登美子　新装版 天璋院篤姫 (上)(下)
宮尾登美子　新装版 一絃の琴
宮尾登美子　東福門院和子《まさこ》の涙 (上)(下)〈レジェンド歴史時代小説〉
皆川博子　クロコダイル路地
宮本　輝　骸骨ビルの庭 (上)(下)
宮本　輝　新装版 二十歳《はたち》の火《ほ》影《かげ》

講談社文庫　目録

睦月影郎　密通妻
睦月影郎　快楽アクアリウム
向井万起男　渡る世間は「数字」だらけ
村田沙耶香　授乳
村田沙耶香　マウス
村田沙耶香　星が吸う水
村田沙耶香　殺人出産
村瀬秀信　気がつけばチェーン店ばかりでメシを食べている
村瀬秀信　それでも気がつけばチェーン店ばかりでメシを食べている
虫眼鏡　東海オンエアの動画が6.4倍楽しくなる本〈虫眼鏡の概要欄　クロニクル〉
森村誠一　悪道
森村誠一　悪道　西国謀反
森村誠一　悪道　御三家の刺客
森村誠一　悪道　五右衛門の復讐
森村誠一　悪道　最後の密命
森村誠一　ねこの証明
毛利恒之　月光の夏
森博嗣　すべてがFになる〈THE PERFECT INSIDER〉
森博嗣　冷たい密室と博士たち〈DOCTORS IN ISOLATED ROOM〉

森博嗣　笑わない数学者〈MATHEMATICAL GOODBYE〉
森博嗣　詩的私的ジャック〈JACK THE POETICAL PRIVATE〉
森博嗣　封印再度〈WHO INSIDE〉
森博嗣　幻惑の死と使途〈ILLUSION ACTS LIKE MAGIC〉
森博嗣　夏のレプリカ〈REPLACEABLE SUMMER〉
森博嗣　今はもうない〈SWITCH BACK〉
森博嗣　数奇にして模型〈NUMERICAL MODELS〉
森博嗣　有限と微小のパン〈THE PERFECT OUTSIDER〉
森博嗣　黒猫の三角〈Delta in the Darkness〉
森博嗣　人形式モナリザ〈Shape of Things Human〉
森博嗣　月は幽咽のデバイス〈The Sound Walks When the Moon Talks〉
森博嗣　夢・出逢い・魔性〈You May Die in My Show〉
森博嗣　魔剣天翔〈Cockpit on knife Edge〉
森博嗣　恋恋蓮歩の演習〈A Sea of Deceits〉
森博嗣　六人の超音波科学者〈Six Supersonic Scientists〉
森博嗣　捩れ屋敷の利鈍〈The Riddle in Torsional Nest〉
森博嗣　朽ちる散る落ちる〈Rot off and Drop away〉
森博嗣　赤緑黒白〈Red Green Black and White〉
森博嗣　四季　春～冬

森博嗣　φ《ファイ》は壊れたね〈PATH CONNECTED φ BROKE〉
森博嗣　θ《シータ》は遊んでくれたよ〈ANOTHER PLAYMATE θ〉
森博嗣　τ《タウ》になるまで待って〈PLEASE STAY UNTIL τ〉
森博嗣　ε《イプシロン》に誓って〈SWEARING ON SOLEMN ε〉
森博嗣　λ《ラムダ》に歯がない〈λ HAS NO TEETH〉
森博嗣　η《イータ》なのに夢のよう〈DREAMILY IN SPITE OF η〉
森博嗣　目薬α《アルファ》で殺菌します〈DISINFECTANT α FOR THE EYES〉
森博嗣　ジグβ《ベータ》は神ですか〈JIG β KNOWS HEAVEN〉
森博嗣　キウイγ《ガンマ》は時計仕掛け〈KIWI γ IN CLOCKWORK〉
森博嗣　χ《カイ》の悲劇〈THE TRAGEDY OF χ〉
森博嗣　ψ《プサイ》の悲劇〈THE TRAGEDY OF ψ〉
森博嗣　イナイ×イナイ〈PEEKABOO〉
森博嗣　キラレ×キラレ〈CUTTHROAT〉
森博嗣　タカイ×タカイ〈CRUCIFIXION〉
森博嗣　ムカシ×ムカシ〈REMINISCENCE〉
森博嗣　サイタ×サイタ〈EXPLOSIVE〉
森博嗣　ダマシ×ダマシ〈SWINDLER〉
森博嗣　女王の百年密室〈GOD SAVE THE QUEEN〉
森博嗣　迷宮百年の睡魔〈LABYRINTH IN ARM OF MORPHEUS〉

森 博嗣 赤目姫の潮解 〈LADY SCARLET EYES AND HER DELIQUESCENCE〉
森 博嗣 まどろみ消去 〈MISSING UNDER THE MISTLETOE〉
森 博嗣 地球儀のスライス 〈A SLICE OF TERRESTRIAL GLOBE〉
森 博嗣 レタス・フライ 〈Lettuce Fry〉
森 博嗣 僕は秋子に借りがある I'm in Debt to Akiko 〈森博嗣自選短編集〉
森 博嗣 どちらかが魔女 Which is the Witch? 〈森博嗣シリーズ短編集〉
森 博嗣 喜嶋先生の静かな世界 〈The Silent World of Dr.Kishima〉
森 博嗣 そして二人だけになった 〈Until Death Do Us Part〉
森 博嗣 つぶやきのクリーム 〈The cream of the notes〉
森 博嗣 ツンドラモンスーン 〈The cream of the notes 4〉
森 博嗣 つぼみ茸《きのこ》ムース 〈The cream of the notes 5〉
森 博嗣 つぶさにミルフィーユ 〈The cream of the notes 6〉
森 博嗣 月夜のサラサーテ 〈The cream of the notes 7〉
森 博嗣 つんつんブラザーズ 〈The cream of the notes 8〉
森 博嗣 ツベルクリンムーチョ 〈The cream of the notes 9〉
森 博嗣 追懐のコヨーテ 〈The cream of the notes 10〉
森 博嗣 積み木シンドローム 〈The cream of the notes 11〉
森 博嗣 カクレカラクリ 〈An Automaton in Long Sleep〉
森 博嗣 DOG&DOLL

森 博嗣 森には森の風が吹く 〈My wind blows in my forest〉
森 博嗣 アンチ整理術 〈Anti-Organizing Life〉
森 博嗣 原作 萩尾望都 トーマの心臓 〈Lost heart for Thoma〉
諸田玲子 森家の討ち入り
森 達也 すべての戦争は自衛から始まる
本谷有希子 腑抜けども、悲しみの愛を見せろ
本谷有希子 江利子と絶対 〈本谷有希子文学大全集〉
本谷有希子 あの子の考えることは変
本谷有希子 嵐のピクニック
本谷有希子 自分を好きになる方法
本谷有希子 異類婚姻譚
本谷有希子 静かに、ねぇ、静かに
茂木健一郎 「赤毛のアン」に学ぶ幸福《しあわせ》になる方法
森林原人 セックス幸福論 〈偏差値78のAV男優が考える〉
桃戸ハル編・著 5分後に意外な結末 〈ベスト・セレクション〉
桃戸ハル編・著 5分後に意外な結末 〈ベスト・セレクション 黒の巻・白の巻〉
桃戸ハル編・著 5分後に意外な結末 〈ベスト・セレクション 心震える赤の巻〉
桃戸ハル編・著 5分後に意外な結末 〈ベスト・セレクション 心弾ける橙の巻〉
森 功 高倉健 〈隠し続けた七つの顔と「謎の養女」〉

森 功 地面師 〈他人の土地を売り飛ばす闇の詐欺集団〉
望月麻衣 京都船岡山アストロロジー
望月麻衣 京都船岡山アストロロジー2 〈星と創作のアンサンブル〉
山田風太郎 甲賀忍法帖 〈山田風太郎忍法帖①〉
山田風太郎 伊賀忍法帖 〈山田風太郎忍法帖③〉
山田風太郎 忍法八犬伝 〈山田風太郎忍法帖④〉
山田風太郎 風来忍法帖 〈山田風太郎忍法帖⑪〉
山田風太郎 新装版 戦中派不戦日記
山田正紀 大江戸ミッション・インポッシブル 〈顔役を消せ〉
山田正紀 大江戸ミッション・インポッシブル 〈幽霊船を奪え〉
山田詠美 晩年の子供
山田詠美 A《エイ》2《トゥ》Z《ズイ》
山田詠美 珠玉の短編
柳家小三治 ま・く・ら
柳家小三治 もひとつ ま・く・ら
柳家小三治 バ・イ・ク
山口雅也 落語魅《ミ》捨《ステ》理《リ》全集 〈坊主の愉しみ〉
山本一力 深川黄表紙掛取り帖
山本一力 牡丹酒 〈深川黄表紙掛取り帖㈡〉

山本一力　ジョン・マン1 波濤編
山本一力　ジョン・マン2 大洋編
山本一力　ジョン・マン3 望郷編
山本一力　ジョン・マン4 青雲編
山本一力　ジョン・マン5 立志編
椰月美智子　十二歳
椰月美智子　しずかな日々
椰月美智子　ガミガミ女とスーダラ男
椰月美智子　恋愛小説
柳　広司　キング&クイーン
柳　広司　怪談
柳　広司　ナイト&シャドウ
柳　広司　幻影城市
柳　広司　風神雷神(上)(下)
薬丸　岳　闇の底
薬丸　岳　虚夢
薬丸　岳　刑事のまなざし
薬丸　岳　逃走
薬丸　岳　ハードラック
薬丸　岳　その鏡は嘘をつく
薬丸　岳　刑事の約束
薬丸　岳　Aではない君と
薬丸　岳　ガーディアン
薬丸　岳　刑事の怒り
薬丸　岳　天使のナイフ〈新装版〉
薬丸　岳　告解
山崎ナオコーラ　可愛い世の中
矢月秀作　A《ア》C《ク》T《ト》〈警視庁特別潜入捜査班〉
矢月秀作　A《ア》C《ク》T《ト》2 告発者〈警視庁特別潜入捜査班〉
矢月秀作　A《ア》C《ク》T《ト》3 掠奪〈警視庁特別潜入捜査班〉
矢野　隆　我が名は秀秋
矢野　隆　戦《いくさ》始末
矢野　隆　乱
矢野　隆　長篠の戦い〈戦百景〉
矢野　隆　桶狭間の戦い〈戦百景〉
矢野　隆　関ヶ原の戦い〈戦百景〉
矢野　隆　川中島の戦い〈戦百景〉
矢野　隆　本能寺の変〈戦百景〉
矢野　隆　山崎の戦い〈戦百景〉
山内マリコ　かわいい結婚
山本周五郎　さぶ〈山本周五郎コレクション〉
山本周五郎　白石城死守〈山本周五郎コレクション〉
山本周五郎　完全版 日本婦道記(上)(下)〈山本周五郎コレクション〉
山本周五郎　戦国武士道物語 死《し》處《しょ》〈山本周五郎コレクション〉
山本周五郎　戦国物語 信長と家康〈山本周五郎コレクション〉
山本周五郎　幕末物語 失蝶記〈山本周五郎コレクション〉
山本周五郎　逃亡記 時代ミステリ傑作選〈山本周五郎コレクション〉
山本周五郎　家族物語 おもかげ抄〈山本周五郎コレクション〉
山本周五郎　繁《しげ》あね〈美しい女たちの物語〉
山本周五郎　雨あがる〈映画化作品集〉
柳田理科雄　スター・ウォーズ 空想科学読本
柳田理科雄　MARVEL マーベル空想科学読本
靖子靖史　空《くう》色《しき》カンバス〈瑠空寺《ずいくうじ》凸凹《でこぼこ》縁起《えんぎ》〉
安本由佳／山本理沙　不機嫌な婚活
山中伸弥／平尾誠二・惠子　友情〈平尾誠二と山中伸弥「最後の約束」〉
山手樹一郎　夢介千両みやげ(上)(下)〈完全版〉
山口仲美　すらすら読める枕草子

2023年3月15日現在